外国名作家文集　鲍里斯·维昂卷

岁月的泡沫

L'Écume des jours

［法］鲍里斯·维昂／著
金龙格／译
Boris Vian

漓江出版社
·桂林·

图书在版编目 (CIP) 数据

岁月的泡沫 /（法）鲍里斯·维昂著；金龙格译
.-- 桂林:漓江出版社，2023.6
ISBN 978-7-5407-9381-4

Ⅰ.①岁… Ⅱ.①鲍…②金… Ⅲ.①长篇小说—法国—现代 Ⅳ.① I565.45

中国国家版本馆 CIP 数据核字（2023）第 018310 号

SUIYUE DE PAOMO
岁月的泡沫
［法］鲍里斯·维昂　著
金龙格　译

出版人：刘迪才
策划编辑：张谦
责任编辑：辛丽芳
书籍设计：石绍康
责任监印：张璐

出版发行：漓江出版社有限公司
社址：广西桂林市南环路 22 号　邮编：541002
发行电话：010-85891290　0773-2582200
邮购热线：0773-2582200
网址：www.lijiangbooks.com
微信公众号：lijiangpress
印制：北京中科印刷有限公司
［北京市通州区宋庄工业区 1 号楼 101 号　邮编：101118］
开本：880 mm × 1230 mm　1/32
印张：8　字数：190 千字
版次：2023 年 6 月第 1 版　印次：2023 年 6 月第 1 次印刷
书号：ISBN 978-7-5407-9381-4
定价：49.80 元

总　序

胡小跃

在法国文坛，乃至在世界文坛，像维昂这样在那么短暂的生命中从事过那么多活动，涉足过那么多领域，创造出那么多作品的作家，实属罕见。他是小说家、工程师、爵士乐小号手、剧作家、翻译家、作曲家、诗人、画家、乐评家，还演过电影，录过歌，导过歌剧，当过大型音乐公司的艺术总监，写过导游手册。他在每个行业都干得风生水起，留下大量杰作。

我们在这里只谈他的小说，主要是长篇。

维昂共创作了长篇小说 11 部，生前出版 9 部，死后 1 部，未完成 1 部；7 部以鲍里斯·维昂本名出版，4 部以韦尔侬·沙利文为名，谎称是译著，自己冒充译者。此外，他还写了 60 多部中篇，收入 5 部小说集中。

维昂的处女作小说是《供文化程度中等者阅读的童话》，这是他在妻子米歇尔住院开刀时，为了给妻子解闷而写的，完全是一部自娱自乐的作品，算不上是严格意义上的小说，所以作者把它叫作“童话”，写的是一个王子骑着马出发寻找当时罕见的食糖，一路险遇，一身荒唐，引人发笑。作品有三个版本，其中最完整的那个版本有作者画的插图。

但大家都把《脑包虫和浮游生物》当作维昂的第一部小说，因为《供文化程度中等者阅读的童话》并未写完。和“童话”一样，“脑包虫”也是一部游戏之作。由于在工作单位闲得发慌，维昂便用写作来打发时间，讲述的是自己身边的事：一方面是阿弗雷城家庭聚会的狂欢，另一方面是在法国标准化协会工作的沉闷。故事在巴黎与郊区两地之间穿插变换，作者的大部分朋友都漫画式地出现在书中，尤其是好友“少校”。“少校”在书中爱上了姑娘齐扎妮，但姑娘的监护人不同意他们的婚事，于是“少校”施展了一系列诡计，最终抱得美人归。书中有个名叫昂提奥什·汤布雷的人，是“少校”形影不离的伙伴，其实写的就是作者自己。作品具有荒诞色彩，大玩文字游戏，使用了许多新词，典型的“有话不好好说”。书名带有暗示意义，“浮游生物”暗指无聊、轻浮，“脑包虫”（vercoquin）隐射玻璃制品（verrerie），维昂在法国标准化协会具体负责的项目就是玻璃制品的标准化工作。

小说由维昂口述，米歇尔打字，1944 年动手，当年基本完成，后来有所补充和修改。维昂把书题献给隔壁的大作家让·罗斯坦，并在朋友圈中传阅。稿子传到了罗斯坦的儿子弗朗索瓦手里，弗朗索瓦拿去给父亲看。罗斯坦觉得挺有意思，便把它推荐给他熟悉的著名作家格诺。格诺是伽利玛出版社审读委员会委员，刚刚设立一套丛书，叫“风中之羽”，想收入一些边缘化但具有挑衅性的作品，即反常规的小说，目的是让读者发笑，忘记战争的伤痛。格诺读了维昂的稿子之后觉得很符合丛书的要求，便约见了维昂，建议做些修改，主要是减少书中对小说家的调侃。格诺和维昂有着共同的爱好，都“喜欢文字游戏，喜欢电影和爵士乐，艺术趣味广泛”，这使他们很快就成了忘年交——格诺比维昂大 17 岁，后来成了他在文坛的保护人。1945 年，在格诺的安排下，维昂与伽利玛出版社签了合同，第二年，小说出版。

《脑包虫和浮游生物》的出版，让维昂深受鼓舞。从此，写作从个人游戏变成了一种内在的需要。在格诺的推荐下，他走向了文坛，认识了许多记者和编辑，尤其是与萨特和波伏瓦的友谊使他很快就成了《现代》杂志的作者之一，讲述“少校”充满诗情画意的旅行故事的《蓝色的鹅》就发表在该刊上，另一部中篇《临时演员》则写他第一次拍电影的经历，这些作品后来都收在中篇小说集《蚂蚁》当中。

1946 年 3 月，维昂开始写《岁月的泡沫》，三个来月就写完了，讲述的是一个荒诞不经而又感人至深的爱情故事。在给新闻界提供样书时所附的插页中，他自己是这样概括书的内容的：“科兰遇到了柯萝爱。他们相爱，结婚。柯萝爱病了，科兰不惜倾家荡产去救她，但医生无能为力。柯萝爱死了，科兰也活不下去了。”

《岁月的泡沫》被格诺称为“当代最凄婉动人的爱情小说”。科兰刚刚追到他的柯萝爱，柯萝爱就在新婚蜜月旅行途中得了怪病，肺部长了一朵睡莲，从此长期卧床不起。为了给妻子治病，购买能减轻妻子病痛的鲜花，科兰倾其所有，四处求职，不惜从事低下而繁重的工作，受尽非人的折磨。如果到此为止，这部小说还只是一部普通的爱情小说，不足以反映维昂过人的才气。维昂的神来之笔在于，他还在书中浓墨重彩地写了一只甘愿为主人牺牲的灰鼠。科兰为爱憔悴，徒劳地向睡莲复仇，竟连他养在家中的那只宠物鼠也悲痛欲绝，无法承受，最后把自己送到猫的嘴里，以求了断。

除了科兰与柯萝爱，小说中还描写了另一对情侣西克和阿丽丝。西克本来就不富裕，却疯狂地迷上了让－萨尔·保特（暗指萨特），搜集他的每一部作品，不惜花光准备用来置办婚礼的钱，最后破产，因逃税而被捕。阿丽丝愤而纵火烧毁书店，杀死让－萨尔·保特，自己也葬身火海。

小说中充满奇特的想象，许多情节荒诞离奇，让人难以置信，如科兰利用自身的热量制作枪筒，柯萝爱肺部长出永远无法根除的睡莲，钢琴能调出鸡尾酒……作者把现实的和超现实的描写巧妙地结合在一起，多层次、多色调地折射出社会生活。作者在前言中说，小说的故事彻头彻尾是他想象出来的，但从现实中汲取了真实的故事。换言之，这是现实的反映，但背景有所失真。小说综合了他各时期的经历，“有很多的快乐，也有一点小小的危险，心里觉得受到了威胁”：死亡的威胁、疾病的威胁。

《岁月的泡沫》仍被格诺收入“风中之羽”丛书，印了4000册，但没卖出几本，媒体也没什么反应，这让维昂大失所望。此时，维昂正陷入“韦尔依风波”中，他冒充译者以“韦尔依”名义出版的《李·安德森的复仇》正面临着指控和起诉。这本书的故事发生在美国南部，表现的是美国黑人艰难的生存状态，是当时最大胆的反种族主义的小说之一。李·安德森的母亲是个混血儿，他弟弟因为爱上一个白人女孩而被杀死。他离开家乡来到另外一个城市，在一家书店当店员，并与当地的一群酗酒且男女关系混乱的年轻人为伍，以强奸、虐待和残害白人女孩来为弟弟复仇。这部作品与维昂署真名的小说风格完全不同，充满了触目惊心的暴力场景，也是“韦尔依”系列中最有代表性的一部。

1946年9月，假期结束后，维昂的生活恢复常态，继续回纸张管理办公室上班，同时想着下一部小说，打算用一个既真实又荒诞的故事来赞扬人类的巨大毅力。这部名叫《北京的秋天》的小说跟北京没有关系，跟秋天也没关系，写的是一批工程师进驻一个沙漠，建造一条铁路，背景不清楚，铁路的用途也不清楚。施工现场有人进行考古发掘，也有人寻找“信仰之线”，铁路管委会则设在当地唯一的一家宾馆里，宾馆将来要被铁路一分为二。维昂的小说人物一般都很少，这部作品却有三十多个。爱情故事是避免不了的，但这回是三角恋，两个工程师爱上了同一个女人罗歇尔。故事滑稽而幽默，作者把自己痛恨的几个人写进了小说，那个凶悍而好为人师的神甫佩蒂·让无疑是与他争夺七星奖的格罗斯·让，总是被称为“混蛋”的工头阿尔朗与反对他得奖的审读员马塞尔·阿尔朗同名，而行政委员会主任于尔絮·鲍伯朗男爵显然指的就是波朗。《北京的秋天》是维昂在 1947 年写的第三部小说，他仍希望能由伽利玛出版社出版，但遭到了拒绝，也许是因为结构太怪，也许是因为影射了审读委员会的若干成员，也许是因为前两部小说没有反响。不得已，维昂只好把书稿交给出版过《李·安德森的复仇》的让·阿吕安出版，但它跟后来的中篇小说集《蚂蚁》一样，完全卖不动。

1948 年，尽管《李·安德森的复仇》受到攻击，维昂还是把它改编成戏剧，搬上了舞台，但只演出了三个月。当年夏天，他开始写《红草》，这是一部科幻小说，也许是他写得最上心的作品，写得很慢，不断地修改，换书名，叙述结构多次打乱重组。小说讲的是一个名叫沃尔夫的工程师设计和制造了一台忘忧机，可以让人回到过去，重新审视和分析自己的经历。在他回去的每个阶段，都有许多人请他讲述和解释当年之所以那么做的理由——关于他的工作、生活、学习、家庭、爱情、宗教，为什么这样选择而不是那样。通过沃尔夫和那些人的对话，维昂探讨了一些哲学问题。这部作品让人想起威尔斯和卡夫卡的小说，它使作者得以回到内心，逐一检视自己的过去，让沉入心底的东西浮出表面，以便更好地排遣。这其实是一种心理分析，但维昂避免使用这个词，因为他对这一学科不是太尊重。

这部倾向于内心分析的小说尽管跟维昂的其他小说一样有不少黑色幽默的成分，但明显流露出作者的不安。如果说，小说中的沃尔夫不是维昂，维昂起码在书中想驱除心中不愉快的记忆：被家长溺爱的童年，担心性病的传播，生怕考不到文凭……《红草》首次预示了维昂即将到来的心理危机。这已经是他的第 8 部小说了，他仍希望能在伽利玛出版社出。具有讽刺意义的是，向他宣布坏消息的正是他的朋友格诺本人。格诺为他的朋友感到遗憾，在 1949 年 12 月 22 日的信中，他告诉维昂，马塞尔·阿尔朗对这部小说“持保留意见”，加斯东则采取了“紧缩限制政策”。

1950 年，维昂又在酝酿一部小说《空心人》。这次，他将近距离地直视童年问题。故事发生地点让人想起维昂家战前的避暑地科唐坦。克莱芒蒂娜难产，心理医生雅克莫尔赶到村里替她接生后与她进行了一场谈话，发现村里怪事多多：老人被拍卖；偷腥的种马被钉上大钉子；不产奶的母牛被肢解；孩子们被当作奴隶，一犯错便遭受折磨、肢解、杀害……克莱芒蒂娜的原型是维昂的母亲，这个人物溺爱孩子，精神过于敏感，是偏执狂，为了保护自己的三胞胎，她把他们关在铁笼子里，脚上绑着铁块。

这部小说被认为是维昂最好的作品之一，美好的东西与恐怖的事物形成对比，黑色幽默伴随着阴森可怕的描写，让人发笑，也让人辛酸。小说情节怪异，时空倒错，对潜意识的探究和天马行空的想象使其带有强烈的超现实主义色彩。雅克莫尔是一个“新式”的心理医生，他的头脑突然就空了，没了知识，没了意愿，没了用途，成了一个没有过去、没有记忆的空空的需要填充的心理医生。但他尽管“空”，却渴望学习，好让自己肚子里有货。他通过心理分析来充实自己：分析了一只猫，猫空了，他却学会了猫的动作和习惯；分析了专门收集邻村耻辱的村民拉格罗伊之后，他终于在生活中找到了位置。

《空心人》是三部曲“王后的女儿们”的第一部，但书稿再次被伽利玛出版社拒绝，理由是背景太“做作”。维昂在给乌苏拉的一封信中表达了自己的痛苦：“我知道很难读……我写笑话，写出来像是真实的，但我写真实的东西，人们却以为是笑话。”1953 年，小说在一家无名出版社出版，格诺给了他一个安慰奖，并写了一篇热情洋溢的文章。但小说仍遭到失败，除了《艺术》杂志提到过这本书，其他媒体缄口不语。维昂愤怒而绝望，决定从此不再写小说。

以维昂为名写作的小说几乎全线覆灭，但“韦尔侬”的小说却非常畅销。《李·安德森的复仇》一年间销售了 50 多万册。《死者全都一个样》也不示弱，这部小说讲述的混血儿丹虽是黑人出身，却一身白皮肤。他成功地跻身于白人社会，过着优越的生活，直至一个自称是他弟弟的男子到来。该男子向他勒索钱财，威胁他说如果不给钱，便把他的出身公之于众。丹被迫杀死了这个“弟弟”。维昂以韦尔侬为名出版的第三部作品叫《杀死所有的坏家伙》，是一部侦探小说，故事发生在洛杉矶的一家夜总会里。主人公是一个年轻的美男，叫洛克·贝利，深受女士们喜欢。然而，他拒绝了她们，希望守身如玉直到 20 岁。一天晚上，他被人灌了毒，绑架到舒兹医生的诊所里，被强迫与一个漂亮的姑娘做爱，他拒绝了。事后，他与朋友们对舒兹医生的底细进行了调查……和“韦尔侬”的其他作品不同，这部小说不再采取当时流行的美国侦探小说的样式，而是靠近署维昂真名的作品，故事诙谐滑稽，情节一波三折。

1950 年夏，维昂又以韦尔侬为名出版了第四部小说《她们没有意识到》，讲述两兄弟与贩毒集团周旋的故事。性与黑色幽默，“韦尔侬”的这两个标签在这部小说中得到了集中的反映。故事发生在华盛顿，迪肯去参加女友加娅组织的一场化装舞会，惊讶地发现她要结婚了，而未婚夫竟然是黑帮分子。在兄弟里奇的帮助下，他想弄清这桩反常的婚姻到底是怎么回事。

尽管维昂没有去过美国，但书中的地方色彩却相当浓，背景也描写得非常真实，还使用了许多美国俗语。为了更好地表现上世纪50年代美国的时代气息，作者引入了一些美国文化元素，如《金赛性学报告》和波托马克河上的汽艇。书中有大量的性描写——爱情中的性，倒错的性，尤其是女同性恋，让人大跌眼镜。书中的那些同性恋女子在恋爱的时候，“并没有意识到”自己错过了什么。

作为小说家的维昂在生前是失败的，如果说他署名“韦尔侬”的作品获得了些许成功的话，他以本名发表的小说却一再受到冷落，不被出版人和同代人理解，而他看重的却是这些小说，认为那才是他真正的作品，体现了他真正的文学才能。但他的观念太超前，奇特的想象力在战后老人掌权的法国文坛难以被人接受，他的黑色幽默常使人尴尬和无措，他在书中大量玩弄文字游戏又使语言纯洁主义者感到不悦，读惯传统作品的读者无法忍受他的肆意妄为和天马行空，加上他又喜欢在小说中影射他人，这就更让文坛的那些大佬生气。而且，他从事了太多的工作，尤其是在音乐方面名声太响、影响太大，遮住了他在文学方面的成就，因此他的文学创作往往会被文人们认为太业余，这就使得他在文坛上步履艰难。尽管有格诺、普雷维尔等名人的支持，但反对他的势力同样强大，本来可以成为他的大靠山的萨特又因与他太太的微妙关系而成了“叛徒”，他在文坛上出局似乎不可避免。

然而，在他死后，尤其是到了法国“68 学运”之后，他的价值渐渐被人认识，追求自由、反叛社会、寻找个人价值的年轻一代在他身上看到了自己想寻找的东西，他那种蔑视传统、无所畏惧的精神获得了年轻人的尊敬，他们在他的嬉笑中找到了严肃的东西，又在严肃的东西里面找到可笑的成分。这位工程师不拘一格的语言中隐藏着诗意的故事，生存的艰难、时光的流逝、死亡的威胁在他的小说中呈现出梦幻般的色彩。他们喜欢他的幽默，欣赏他不竭的创造力和不倦的探索，钦佩他不断挑战成见的勇气。被吉贝尔·佩斯图罗称为“我们这个时代的流星”的作家并未转瞬即逝；相反，这颗流星落地后发出了神奇的光芒，随着岁月的洗涤，显得越来越璀璨夺目。维昂生前勉强出版、无人喝彩的小说，在他去世后一再重版，光是袖珍丛书就出了 30 多种；《红草》至今已销售了 100 多万册；《空心人》每年销量在 1.5 万册左右，总销量达到了 170 万册；连《脑包虫和浮游生物》也卖了 18 万册，截至 2009 年维昂去世 50 周年，总销量达到了 27 万册。1999 年至 2003 年，法雅尔出版社在五年时间里出齐了他的作品，全集洋洋洒洒15卷；2010年，曾无情地拒绝他的伽利玛出版社把他的作品收入了“七星文库”，这表明，他们已正式把他列入一流作家的行列；2011年，法国国家图书馆为维昂举办了一个大型展览，展出了维昂的大量手稿和物品，包括他的《供文化程度中等者阅读的童话》和《十四行诗百首》的手稿；2013年，《岁月的泡沫》再次被拍成电影，同名小说蹿上图书销量排行榜榜首，这部作品自从被选为法国学生的教材之后，每年的销量都在10万册以上，被译成了17种外文，成了学界研究的课题。正如评论家安德烈·克雷雅所言：“如果说，他（维昂）在短暂的一生中，从事了许多各种各样的活动，那么，今天，他的名字已列入法国文学最重要的作家当中。”

2013年12月

2022年9月修订

［法］鲍里斯·维昂

（Boris Vian，1920—1959）

维昂演奏他最爱的爵士乐

维昂在录制广播节目（1957 年）

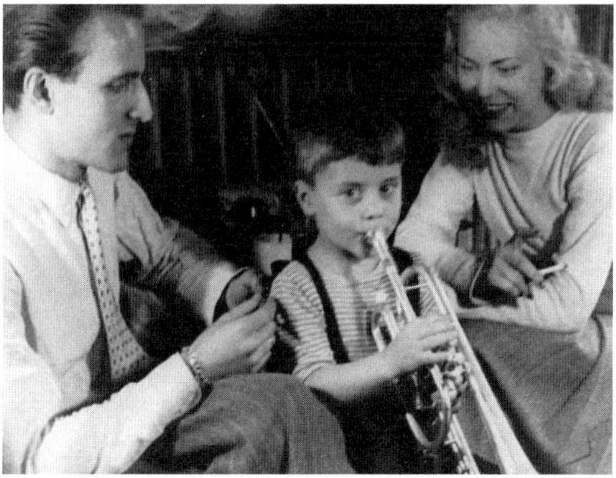

维昂和妻子米歇尔、儿子帕特里克（1946 年）

维昂、米歇尔和萨特、波伏瓦（1949 年）

维昂、米歇尔和艾林顿公爵（1949 年）

维昂和素有“黑暗王子”之称的迈尔斯 · 戴维

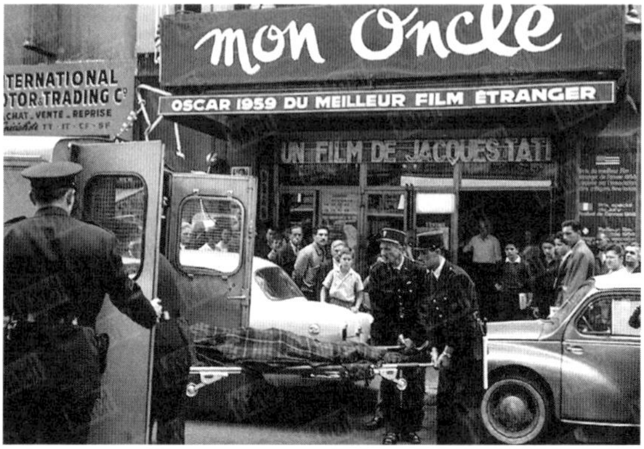

1959 年 6 月 23 日，鲍里斯 · 维昂在观看电影《李 · 安德森的复仇》时死于心脏骤停。图为维昂被救援人员带走的场面

《岁月的泡沫》电影海报（1968 年）

布里齐兄弟以《岁月的泡沫》为底本创作的图画小说（2019 年）

目 录

前 言

在生活中，对一切事物做出先验的判断至关重要。从实际情况来看，群众常常是错的，而个人总有道理。但是，要避免从中推断出一些行为准则：将行为准则明确提出来让别人去遵守是没有必要的。世界上只有两件事：以各种各样的方式与一些美女谈情说爱，除此之外便是新奥尔良或者艾林顿公爵的音乐。余下的一切也许应该从世界上消逝，因为它们龌龊不堪。接下来的一些篇章将要对此进行论证，而鉴于这个故事从头到尾都是我想象出来的，这些论证的篇章将从完全真实的故事中汲取全部的力量。从严格意义上来说，它的具体创作，本质上是对现实的一种折射，它让现实在歪曲和灼热的氛围中，投射到一个起伏不平的参考平面上，呈现出扭曲的影像。显而易见，这是一种可以无愧地承认的创作手法，倘若它算得上创作手法的话。

新奥尔良

1946 年 3 月 10 日

岁月的泡沫

一

科兰洗漱完毕。出浴时，他往身上裹了一条宽大的毛圈浴巾，只有两条腿和上半身裸露在外面。他从玻璃层架上拿起那只喷雾器，朝亮光光的头发上喷了一点香馥馥的发油。他用琥珀梳将一大蓬丝一般柔软光滑的浓发梳成橘黄色的细长发绺，俨然乐呵呵的庄稼汉用叉子在杏子果酱上画出的一条条纹路。科兰放下梳子，拿起指甲钳，在灰暗无光的眼角磨出斜面，好让自己的眼神给人一种神秘莫测的感觉。这眼角，他每隔一段时间就得重新打理，因为它们很快又会重新长出来。他打开放大镜上的小灯，凑到镜子前面查看皮肤的状况。在鼻翼周围有几颗黑头粉刺探出头来。黑头粉刺见自己在放大镜里的模样这般丑陋，赶紧缩回到皮肤里面。科兰这下子满意了，关掉了那盏小灯。他解下系在腰上的浴巾，把浴巾的一角塞进脚趾缝，吸干里面剩下的水渍。从镜子里可以看出他的模样像谁，像在《好莱坞餐厅》里饰演斯利姆的那个金发小伙。他的脑袋圆乎乎的，耳朵很小，鼻子直挺，皮肤呈金黄色。他的嘴角常常浮现出婴儿般的微笑，久而久之，下巴长出了一个小酒窝。他身材高挑、颀长，长着一双修长的腿，还生就了一副菩萨心肠。他的名字叫科兰，基本上名副其实。[1]在跟女

---

① colin在法语里是“鳕鱼”的意思。

孩子说话时，他总是细声细气；跟男孩子闲聊时，则谈笑风生。他的心情几乎总是那么愉快，没事的时候他就睡觉。

他在浴缸底部戳了一个洞，把洗澡水放干。浴室的地面铺着浅黄色的粗陶地砖，地面是倾斜的，把水引向地漏，地漏正好安在楼下住户的办公桌上方。最近，那位房客没知会科兰便把办公桌挪了位置。现在，污水往他的食品橱上面排放。

他把双脚塞进猫鲨皮做的拖鞋里，穿了一套高雅的、居家穿的休闲服：一条深水蓝灯芯绒裤子，一件浅褐色的卡尔芒德花呢外套。他将浴巾挂在晾衣架上，将脚垫搭在浴缸的边沿，在上面撒上粗盐，好让它把吸进去的水都滴放干净。脚垫开始一边淌涎水，一边冒出一串串小肥皂泡。

他从浴室里走出来，径直朝厨房走去，准备检查一下这顿饭的最后几项准备工作的进展。每个礼拜一，西克都要过来吃晚饭，他住的地方不远。今天才礼拜六，但科兰好想见到西克，让他品尝新来的厨师尼古拉在安详和愉悦中烹制出的美味佳肴。西克与科兰同龄，都是二十二岁，都还是单身一人，都热爱文学，但西克没科兰那么有钱。科兰有一笔财产，不必替别人工作也能过上高枕无忧的生活。西克却每个礼拜都要去部里找他叔叔，要叔叔接济，因为他虽身为工程师，收入却无法让他维持和他手下的那帮工人一样的生活水平，要领导一帮吃得比自己好、穿得比自己体面的人真不是件容易的事情。科兰总是尽最大的力量帮助他，一有机会就请他来家里吃晚饭，但西克是个自尊心很强的人，所以科兰每次都得小心翼翼，不能在过于频繁的关照中表露出自己有帮衬他的意图。

厨房的过道亮堂堂的，两边都镶了玻璃，两边都有太阳照进来，因为科兰热爱阳光。厨房里几乎到处都是黄铜水龙头，仔细擦拭后，全都亮锃锃的。阳光在水龙头上嬉戏，制造出仙境般的效果。厨房里的家鼠喜欢在阳光撞击水龙头的铮铮声中翩翩起舞，追逐着一缕缕如黄色水银柱般的阳光在地面撞碎之后形成的小光珠。科兰经过时，摸了一下其中的一只小鼠，它的黑胡须很长，全身灰色，个头小巧玲珑，毛皮油亮得出奇。厨师让它们吃得很丰盛，但又没让它们长得过于肥硕。这些家鼠白天里都不出声，只在过道上玩耍。

科兰推开厨房的珐琅门。厨师尼古拉正在监视仪表板。他坐在同样是用浅黄色的珐琅做的操作台前，操作台上面安装了刻度盘，与沿着墙壁一字排开的各式各样的烹调仪器相连接。电烤箱的指针调在烤火鸡的位置，正在“火候接近”和“火候正好”之间摇摆。马上就可以把它取出来了。尼古拉按了一下绿色按钮，接触传感器启动。传感器进入时未遭遇任何抵抗，就在这时，指针指向了“火候正好”。尼古拉果断地切断了烤箱的电源，打开了餐碟加热器。

“这个会好吃吗？”科兰问道。

“先生可以放一百个心！”尼古拉信心满满地说，“火鸡的大小事先都计算过，调校得非常精准。”

“您准备了什么样的头盘菜呢？”

“我的上帝啊，”尼古拉说，“也就这一回，我没有搞什么新花样。我仅限于照搬古费[①]的那一套。”

“您完全可以挑选一个比我更吹毛求疵的主人！”科兰说，“告诉我，您准备照搬他作品中的哪一部分？”

“我说的是《烹饪大典》第638页。我来把相关的那一段读给先生听听。”

科兰坐在一张蜂窝状的橡胶软垫圆凳上，头顶有一块与墙壁的颜色很相衬的油光可鉴的绸布，尼古拉念了起来：

---

① 儒尔·古费(Jules Gouffé，1807—1877)，法国名厨和糕点师，被誉为“装饰厨艺的始祖”，其代表作为《烹饪大典》。

“做一个热乎乎的面皮馅饼当头盘菜。准备一条肥大的鳗鱼，把它切成三厘米长的段子。将鳗鱼段放入平底锅，加白酒、食盐、胡椒粉、洋葱片、香芹秆、百里香和月桂，外加一丁点大蒜尖。”

“我想把大蒜磨尖，但未能如愿。”尼古拉说，“砂轮已经磨得很钝了。”

“我会叫人把它换掉的。”科兰说。

尼古拉接着往下念：

“煮透。把鳗鱼段从平底锅中取出，放入炒盘。用筛绢过滤，加入西班牙调料，把汤汁熬浓到一满勺。用滤布过滤，给鳗鱼浇上料汁，煮沸两分钟。将鳗鱼段立着放入馅饼皮。在馅饼周围装饰一圈蘑菇，在中央放一扎鲤鱼精，浇上先前预留的汤汁。”

“好吧，”科兰表示赞同，“我相信西克会喜欢的。”

“我还没有那个荣幸，还不认识西克先生，”尼古拉说，“可是，要是他不喜欢，下次我就做别的，也可以让我略知他喜欢吃什么。”

“好咧！……”科兰说，“我不奉陪了，尼古拉。我去摆餐具。”

他朝走廊的另一个方向走去，穿过餐具室去那个单独的餐厅，淡蓝色的地毯和粉红色的墙壁确实很养眼。

餐厅长五米、宽四米，通过两扇朝向路易－阿姆斯特朗大街的长窗采光。窗户上的单向透视玻璃向两侧滑动，春暖花开时可以让春天的气息从窗外涌入。另一边，一张橡木餐桌占据了房间的一个角落。桌子两边配了两张靠背与坐板呈直角的长椅，另外两边的空位上则摆放着几张蓝色的摩洛哥皮垫椅。餐厅里，配套的家具还有一张长矮柜，矮柜上放了一些唱片和一台功能强大的电唱机，另一件家具与矮柜对称，里面装着弹弓、盘子、酒杯和在有教养的人家里吃饭时常常会用到的其他器皿。

科兰挑选了一块与地毯很搭的淡蓝色桌布。他在餐桌中央放了一只大口瓶做摆设，大口瓶里用福尔马林泡着两只小鸡的胚胎，它们像是在模仿尼金斯基的舞剧中的“玫瑰精灵”。大口瓶周围缠绕着几枝长条的金合欢，是朋友的一个园丁用长着球状小花的金合欢枝条和黑甘草饰带交缠在一起做成的，这种饰带在放学回来的路上途经的那些服饰用品店里随处可见。然后，他为两个人各准备了一只上面镂着透明的金窗格的白瓷盘子，一副不锈钢餐具，餐具的把柄是镂空的，里面各雕着一个夹在两块有机玻璃之间的瓢虫标本当吉祥物。他还添加了几只水晶高脚杯和一些折成神甫帽形状的餐巾，这一来二去花了不少时间。他刚完成这些准备工作，电铃便从墙上跳将下来，向他禀报西克驾到。

科兰把桌布上的一条褶皱抹平后，赶紧跑去开门。

“你好吗？”西克问。

“你呢？”科兰反问道，“把风衣脱掉，进来看看尼古拉都做了什么好吃的。”

“你的新厨师？”

“对呀，”科兰答道，“我用我原来的厨师外加一公斤比利时咖啡跟我姑妈换的。”

“他厨艺不错吧？”西克问道。

“他看上去很懂行。他是古费的弟子。”

“你说的是旅行箱里的那个男子[①]？”西克大惊失色，黑色的小胡子凄然地垂落下来。

“傻瓜，不是那个人，是儒尔·古费，名闻遐迩的大厨师！”

“哦，你知道的！我……”西克说，“除了让－萨尔·保特[②]，其

① 指图森－奥古斯丁·古费（Toussaint-Augustin Gouffé），巴黎的一名有钱的执达员，被一个女人勾引回家勒死并放入旅行箱，通过火车送到里昂抛尸，1889年8月16日尸体被人发现。

② 此处 Jean-Sol Partre 影射法国著名作家让－保尔·萨特（Jean-Paul Sartre）。

他人的书我看得不多。”

他跟在科兰后面，走进那条铺着瓷砖的走廊，摸了摸那些小家鼠，还顺带往自己的打火机里灌了几小滴阳光。

“尼古拉，”科兰走进厨房时说，“我给您介绍我的朋友西克。”

“您好，先生。”尼古拉说。

“您好，尼古拉，”西克回答道，“您是不是有个外甥女叫阿丽丝呀？”

“没错，先生。”尼古拉说，“而且，我敢大言不惭地说，她是个很俊俏的女孩子。”

“她长的样子跟您还真有点像，”西克说，“虽然，上半身还是有些差异。”

“我是横着长，上身比较宽，”尼古拉说，“她则是竖着长，我说话直来直去，请别介意。”

“那敢情好，”科兰说，“我们这下子都快成一家人了。尼古拉，您以前没跟我说过您还有个外甥女。”

“我姐姐入错行了，先生，”尼古拉说，“她是研究哲学的。对一个以家传自诩的家庭来说，这种事情可不好拿出来显摆……”

“呃……”科兰说，“我觉得您言之有理。无论如何，我理解您。您还是把鳗鱼馅饼拿出来给我们看一下吧……”

“现在打开烤箱可能非常危险，”尼古拉提醒道，“可能会导致由于外部空气进入而引起的干燥，因为外面空气中的水分比此刻正封闭在里面的空气要少。”

“我嘛，”西克说，“我更愿意把初次看到它时的惊喜留到餐桌上去享受。”

“先生的主意我深以为然，”尼古拉说，“我能不能冒昧地请求先生俯允我继续工作？”

“继续工作吧，尼古拉，请便。”

尼古拉重新投入工作中，他把鳎鱼背肉肉冻从模子里倒出来，这鳎鱼背肉在下锅之前切过很多口子并且在切口里放了一些用来配冷鱼拼盘的块菰片。科兰和西克离开了厨房。

“要来杯开胃酒吗？”科兰问道，“我的鸡尾酒钢琴完工了，你可以去试一下。”

“好用吗？”西克问道。

“非常好用。我费了九牛二虎之力才把它调校好，但结果超出了我的预期。我一上来就弹了那首《黑色和棕褐色狂想曲》①，配出的鸡尾酒真的不同凡响。”

“你使用的是什么原理？”西克问道。

“每一个音符，”科兰说，“我都让它与一种烧酒、一种饮料或者一种香料连通。强音踏板连着打散的鸡蛋，柔音踏板与冰块衔接。苏打水，则需要高音区的一个颤音。加入的分量与音符持续时间的长短有直接关系：六十四分音符相当于十六分之一个单位，四分音符相当于一个单位，全音符等于四个单位。当你弹的是那种舒缓的曲子时，要采用另一个音区，以免剂量增加——那会配制出大量的鸡尾酒——但酒精含量太高。你可以根据曲调的长短，随心所欲地调节单位量，打个比方说，把它降到百分之一，使用侧面的调节器，便可以调配出一种把所有的和声都考虑在内的饮料。”

“挺复杂的。”西克说。

“所有这一切都由电源开关和继电器操控。这些你都懂的，我就不跟你一五一十地详细介绍了，而且，钢琴的功能实际上并没有改变。”

---

① 艾林顿公爵和巴伯·麦利1927年创作的一首爵士乐。

“太神了！”西克说。

“只有一件事情很麻烦，”科兰说，“就是那个连接打好的鸡蛋的强音踏板。我不得不弄了一套特别的连锁装置，因为一旦弹奏特别‘火’的曲子，鸡尾酒里会落入一些炒鸡蛋，很难下咽。我要加以改进。现在，只要小心一些就可以了。新鲜奶油，要用G调。”

“我来弹一首《无情之爱》，”西克说，“这曲子配出来的酒一定很恐怖。”

“钢琴还在被我改成工作室的杂物间里，”科兰说，“因为那些保护板还没用螺钉固定好。走吧，我们去杂物间。我要让它调出两杯大约两百毫升的鸡尾酒，算是开个张吧！”

西克在钢琴后面坐下。一曲终了，钢琴前边的面板突然翻转，一排玻璃杯露了出来，其中的两只杯子装着满到了边上的开胃酒。

“我刚才还很担心，”科兰说，“有一刻，你弹错了一个音符。幸好是在和声里面。”

“跟和声也有关系吗？”西克问道。

“并非全部和声，”科兰说，“那样就过于复杂了。只是其中有一些约束。把酒干了吧，要开餐了。”

二

“这鳗鱼馅饼太棒了，”西克说，“是谁给你出的主意？”

“是尼古拉的主意，”科兰说，“有一条鳗鱼——更确切地说之前有一条鳗鱼——每天都从冷水管里游出来，游到洗脸池里。”

“真奇怪，”西克说，“怎么会有这种事？”

“它探出头来，咬住牙膏管，把里面的牙膏吸空。尼古拉只用美国产的菠萝味牙膏，一定是菠萝的香味把它吸引过来的。”

“他是怎么抓到它的？”西克问道。

“他在放牙膏的地方放了一整只菠萝。之前吞牙膏的时候，它可以把牙膏吞进肚子，然后把头缩回去，但咬菠萝的时候就行不通了，它越扯，牙齿在菠萝里面就卡得越紧，尼古拉……”

科兰止住话头。

“尼古拉怎么了？”西克问道。

“我在犹豫要不要跟你说，说了可能会败坏你的胃口。”

“尽管说吧，”西克说，“我基本上没什么胃口了。”

“尼古拉恰好在这个时候走进厨房，用剃须刀片切下了它的脑袋，然后，打开水龙头，鳗鱼的其他部分也流出来了。”

“就这些吗？”西克说，“再给我一点馅饼。我希望水管里住着它的一家老小。”

“尼古拉放了覆盆子牙膏，想试探一下……”科兰说，“可是，你还是跟我说说你刚刚提到的那个阿丽丝吧……”

“我心里正惦记着她呢，”西克说，“我是在让－萨尔的一个报告会上遇见她的。当时，我们俩都趴在讲台下面，我就是这样和她相识的。”

“她长得怎么样？”

“我不知道怎么描述，”西克说，“她很漂亮……”

“啊！……”科兰叫道。

尼古拉出来了，手上端着火鸡。

“尼古拉，过来跟我们一块儿坐坐吧，”科兰说，“反正，就像西克说的那样，您跟我们也差不多是一家人了。”

“要是先生觉得没什么不妥的话，我先过去喂一下小鼠。”尼古拉说，“我去去就回，火鸡已经切好了……调味汁在那里……”

“你等一下就知道了，”科兰说，“这是一种芒果酱和刺柏子酒调制出来的调味汁，缝在编织好的牛肉卷里面。你在上面压一下，调味汁就会像涓涓细流一样射出来。”

“高妙！”西克说。

“你不想告诉我你使的是什么招数把她撩到手的吗？……”科兰追问道。

“好吧……”西克回答道，“我问她喜不喜欢让－萨尔·保特，她对我说她正在搜集他的作品……于是我对她说：‘我也是……’然后，我每次跟她说到什么事情，她都回答说：‘我也是……’反过来也一样……到了最后，为了做一个存在主义的实验，我对她说：‘我很喜欢你。’她回答说：‘噢！’”

“实验没有成功。”科兰说。

“是没成功。”西克说，“可她并没有跑掉，于是，我对她说：‘我从那边走。’她则对我说：‘我不走那边。’说完她又改口说：‘我要从那边走。’”

“这很神啊。”科兰肯定地说。

“于是，我说：‘我也是。’”西克说，“然后，她去哪儿我就跟到哪儿……”

“后来呢？”科兰问道。

“呃！……”西克回答道，“后来就到了上床的时间……”

科兰噎得透不过气来，喝了半升勃艮第葡萄酒才恢复镇定。

“明天我和她一起去溜冰。”西克说，“明天是礼拜天。你和我们一块去吗？我们上午去，因为上午人不太多。人多了我会很烦躁，因为我溜得不好，不过我们可以一起聊聊保特。”

“我会去的……”科兰一口允诺，“我和尼古拉一起去……他也许还有别的外甥女……”

三

科兰下了地铁，然后登上台阶。他走错了出口，在地铁站周围绕了一圈，好确认方向。他用一块黄色的真丝手绢测试风向，手绢上的黄色随风飘起，落在了一栋形状不规整的大厦上面，这栋大厦便有了莫利托尔溜冰场的样子。

离他不远的地方，是冬令游泳池。他走过游泳池，从侧面穿过一道镶着铜把手的双扉玻璃门，进入这栋石块砌成的建筑。他递上月票，月票上两个已经打穿的洞眼朝检票员挤了一下眼儿。检票员报之以心领神会的微笑，却没有忘记在橘黄色的卡片上打上第三个圆孔，月票一下子就变成了瞎子。科兰毫不迟疑地把它放回俄罗斯草叶做的钱夹，走进左边那条铺了橡胶毯的走廊，走廊通向一排排更衣室。底楼已经没有地方了，于是他登上混凝土楼梯，与一些长得牛高马大的人擦肩而过，这些人穿着直立的冰刀，尽管明显地障碍重重，他们一蹦一跳时，还是极力保持自然的姿态。一个穿着白色粗毛线衫的男子替科兰打开一间更衣室，收了小费，这笔小费该男子十有八九会拿去花天酒地，因为他看样子就不是好人。在更衣室里面一块用来登记顾客名字而专门涂黑的长方形黑板上，他用一支粗糙的粉笔写上顾客姓名的首字母后，就把科兰撇在那个地牢里了。科兰发现此人长的不是人脑袋，而是鸽子脑，他不明白那些人为什么把他分派在溜冰场而不是游泳池工作。

溜冰场上升起一阵椭圆形的喧哗声，分散在四面八方的高音喇叭播放出的乐曲使喧哗声变得更加嘈杂。溜冰者的踏步声还没有到客流高峰时的响亮程度，高峰时的脚步声与在铺砌路面上踩得泥浆飞溅的一支军团的踏步声有得一比。科兰举目四望，搜寻阿丽丝和西克的身影，但他们没在冰面上出现。尼古拉要稍晚一些才能过来跟他会合，因为要准备午餐，厨房里还有一些事情没做完。

科兰解开皮鞋上的鞋带，发现鞋底早已不翼而飞。他从口袋里抽出一卷涂了树胶的塔夫绸，但不够用。于是他把皮鞋放进水泥凳下的一摊水洼里，给它们浇上浓缩肥，好让皮革重新长出来。他穿了一双黄紫相间的宽条纹羊毛袜，穿上溜冰鞋。溜冰鞋上的两个刀片有两个分叉朝向前面，使他变换方向时更加轻松自如。

他走出更衣室，下了一层楼，两只脚在水泥走廊上铺着的有洞孔的橡胶毯上皱缩着。在壮起胆子走上冰道之前，他被迫在木楼梯上迅速反身往后退了两级，才没有摔成仰八叉：一个溜冰的女子，在做完一个漂亮的背弯成弓形的雄鹰展翅姿势之后，下了一个巨大的蛋，那只巨蛋在科兰的脚边撞破了。

就在清障侍童走过来收拾散了一地的碎片时，科兰瞥见了西克和阿丽丝，他们到了冰场的另一边。他朝他们打了个手势，但他们没有看见，于是他飞速地滑过去与他们相会，但没预料到有人在倒滑，结果，很快就云集了一大堆抗议者，每秒钟都有人加入其中，这些人的手臂、大腿、肩膀和整个身体绝望地在空中扑腾着，倒在了第一批倒下去的人身上。太阳使冰层的表面融化掉了，人堆下面融化的冰水啪啪地响着。

很快，百分之九十的溜冰者都堆到了一起，西克和阿丽丝可以自由地支配整个溜冰场了，或者说几乎可以自由支配。他们靠近在地上乱攒乱动的人堆，西克认出了科兰的分叉冰鞋，便抓住他的脚踝，硬是把他从人堆里拖了出来。他们握了握手。西克向科兰介绍阿丽丝，科兰站到了阿丽丝的左边，而西克早已守在了右边。

他们滑到冰道右边最尽头时闪到了一边，把冰道留给了那些清障侍童。清障侍童在堆积如山的受害者中绝望地寻找碎尸身上一钱不值的破烂衣衫之外的东西，然后用他们的刮刀清走横七竖八的尸首，把它们一股脑地扫进那个社会渣滓洞，一边高唱着莫利托尔之歌，那是瓦杨－古杜里埃在 1709 年创作的，开头几句是这么唱的：

先生们女士们，
请全部离开冰道，
（请你们）
好让我们
进行清扫……

这首歌曲自始至终都有喇叭声伴奏，就是要让最铁石心肠的人的灵魂深处都会抑制不住地恐惧地战栗。

那些没有倒下的溜冰者为这一创举拍手称快，地上的翻板活门重新合上。西克、阿丽丝和科兰做了一个短暂的祷告，然后重新滑行起来。

科兰看着阿丽丝。特别凑巧的是，她穿了一件白色的长袖圆领套衫和一条黄色的短裙，脚上穿着黄白相间的鞋子和曲棍球冰鞋，茶色的长丝袜和白色的短袜，短袜在稍高的鞋帮上翻卷下来，鞋子上系着白色的棉鞋带，鞋带在脚踝上绕了三圈。另外，她还戴了一条鲜绿色的丝巾，一头异常浓密的金发用拳曲密实的波浪把她的脸蛋框在中间。她看人时睁着一双碧眼，身体被又嫩又白的肌肤裹得紧紧的。她的手臂和脚踝都圆溜溜的，长着一副细蛮腰和线条优美的上半身，像是从照片上走出来的一样。

科兰开始朝另一边看去，好让激动的心平复下来。他成功了，他垂下眼睛，问西克鳗鱼馅饼是不是做成了，有没有碰到麻烦。

“你别再提了，”西克说，“我在水龙头里钓了一整夜，想看看是不是也能钓到一条。可是，来我们家的只有鳟鱼。”

“尼古拉一定能用它们做出点什么好吃的！”科兰肯定地说。“您，”他专门对阿丽丝说，“您有一个聪明绝顶的舅舅。”

“他是我们家族的骄傲，”阿丽丝说，“我母亲一直耿耿于怀，因为她只嫁了一个取得数学教师资格的人，而她弟弟的人生却取得了如此辉煌的成功。”

“令尊大人取得了数学教师资格？”

“是的，他是法兰西学院的教授，是法兰西研究院或者诸如此类的什么学院的院士……”阿丽丝说，“三十八岁了，很悲哀。他本来可以努把力。幸好，家里还有尼古拉舅舅。”

“今天上午他不是也要来的吗？”西克问道。

一股沁人心脾的清香从阿丽丝的秀发上弥漫开来。科兰赶紧闪到了一旁。

“我看他要迟到了。早上，他脑袋里在琢磨什么东西……今天中午你们俩一起过去吃午饭怎么样？……一起去看看到底是咋回事……”

“非常好的主意，”西克说，“可你要是以为我会答应这样的一个建议，你的世界观就大错特错了。你必须再找一个女孩子。我不会让阿丽丝去你家的，这种事我不会做的。”

“噢！……”科兰抗议道，“您听见他是怎么说话的吗？……”

他没听到回答，因为一个长得特别冗长的家伙，五分钟以来一直在做速滑表演，刚刚从他的裤裆下面穿过，身子向前弯曲到了极限，如此产生的气流把科兰掀到了离地面几米高的地方。他抓住二层楼走廊的边沿，做了一个引体向上，但由于做错了方向，忽地掉了下来，掉在了西克和阿丽丝中间。

“他们应该禁止他滑那么快。”科兰说。

说罢他画了个十字，因为那个溜冰者刚刚撞到了滑道另一头的餐厅墙壁上，撞得粉身碎骨，尸骨粘在墙上，就像一只混凝纸浆水母被一个残忍的小孩执行了五马分尸刑。

那些清障侍童又一次履行他们的职责，其中有个侍童在出事地点插上一个冰十字架。十字架融化的时候，工作人员换上了宗教乐曲。

然后，一切又变得井然有序。西克、阿丽丝和科兰一直在那里没完没了地转啊转。

四

“那是尼古拉！”阿丽丝大声地说。

“伊西丝也来了！”西克说。

尼古拉刚刚在检票处出现，伊西丝却已经来到了冰道上。前者径直朝上面的楼层走去，后者则朝西克、科兰和阿丽丝滑过来。

“你好，伊西丝，”科兰说，“我给您介绍阿丽丝。阿丽丝，这位是伊西丝。西克您认识的。”

他们互相握手，西克趁机拉着阿丽丝疾驰而去，让伊西丝留在科兰的怀抱里，然后伊西丝和科兰也开始突然加速，朝前冲刺。

“见到您真高兴。”伊西丝说。

科兰见到她也很高兴。伊西丝芳龄十八，长着一头栗色的头发，穿了一件白色的圆领长袖运动衫和一条黄色的短裙，戴着一条青绿色的围巾，脚上穿着黄白相间的皮鞋，还戴着墨镜。她很漂亮，但科兰太了解她父母亲的为人。

“下周，我们家有个午宴，”伊西丝说，“是杜邦的生日。”

“杜邦？谁是杜邦？”

“是我的卷毛狗。我邀请了所有的朋友。您能来吗，四点钟？……”

“好的，”科兰说，“非常乐意。”

“叫您的朋友们也一起来吧！”伊西丝说。

“西克和阿丽丝吗？”

“是的，他们人很好……那么，下周日见！”

“您这就要走了吗？”科兰问道。

“是的，我从不待太长的时间。您也知道，我十点钟就来了，毕竟……”

“才十一点钟呢！”科兰说。

“我先前在酒吧！……再见！……”

五

科兰行色匆匆地走在那些明亮的大街上。街上吹着干燥凛冽的寒风，在他的脚下，一些开裂的小冰块被踩碎时噼啪作响。

人们用一切能找到的东西把下巴挡住：他们的大衣领，他们的围巾，他们的暖笼，他甚至看见有个人用铁丝做的鸟笼派此用场，鸟笼的弹簧门正好扣在那人的脑门上。

“明天我要去蓬多扎那家。”科兰寻思。

他说的是伊西丝的父母亲。

“今晚我要和西克一起吃饭……”

“我要回家为明天做准备……”

他跨了一大步，避开了人行道边一条看上去很危险的水泥线。

“要是我能连走二十步而没有踩在上面，”他说，“明天我的鼻子上就不会长痘……”

“没关系啦，”他把全身的重量都压在第九条线时，说，“想这种事情，真的很白痴，反正我不会长痘子。”

他俯下身子，把从地底下冻出来的一朵蓝粉相间的兰花摘了下来。

兰花散发出阿丽丝头发的芳香。

“我明天会见到阿丽丝……”

不应该有这种掠人之美的邪念。阿丽丝理所当然属于西克。

“明天我肯定会遇见一位女孩……”

但萦绕在他心头的还是阿丽丝。

“他们俩单独在一块的时候，真的谈论让－萨尔·保特吗？！……”

也许还是不要去想他们俩单独在一起时都在做的事情为妙。

“让－萨尔·保特这一年来都写了多少文章啊？”

反正，到家之前，他也没有时间去计算了。

“尼古拉今晚会做什么好吃的呢？”

仔细琢磨的话，阿丽丝长得像尼古拉实在是不足为奇，因为他们是一家人，但这个事又悄无声息地让人回到不能想入非非的事情上了。

“要我说，今天晚上尼古拉会做什么好吃的呢？”

“我不知道样子长得像阿丽丝的尼古拉今晚会做什么好吃的……”

尼古拉比阿丽丝大十一岁，所以他有二十九岁。他在烹饪方面天赋过人，会做炭火烤猪油牛肉片。

科兰离家越来越近了。

“那些花店从来都不安装金属卷帘门。没有人会萌生偷花的念头。”

这很好理解。他摘了一枝橘色和灰色的兰花，娇媚的花冠微微弯曲，色彩缤纷，鲜艳夺目。

“它的颜色和那只黑须鼠一样……我到家了。”

科兰登上了铺着羊毛毡的楼梯。他将一把金钥匙插进银白色玻璃门上的锁孔里。

“快过来呀，我忠实的仆人们！……我已经回来啦！……”

他把风衣扔在一把椅子上，然后跑进厨房去找尼古拉。

六

“尼古拉，您今晚做炭火烤猪油牛肉片吗？”科兰问道。

“我的上帝啊，”尼古拉说，“先生事先没跟我打招呼呀！我想的是别的菜谱。”

“该死的，活见鬼，”科兰说，“为什么总是用第三人称跟我说话呀？”

“如果先生允许我说出理由的话，我觉得，一起出生入死的人才可以称兄道弟，而我们并不属于这种情况。”

“尼古拉，您很傲慢。”科兰说。

“我为自己所处的地位感到骄傲，先生，”尼古拉说，“对此您不会耿耿于怀吧。”

“当然不会，”科兰说，“可是，我希望我们之间没有那么多的生分。”

“我对先生情真意切，”尼古拉说，“尽管没有表露出来。”

“您这么说让我感到自豪和高兴，尼古拉，我对您也会将心比心的。那么，您今晚做什么好吃的呀？”

“这一次我还是要遵循古费的传统，用波尔图麝香酒烹制安的列斯群岛出产的香肠。”

“怎么操作呢？”科兰问道。

“按照如下的方法：‘取一根香肠，剥掉它的皮，别管它的叫声有多凄厉。把那块皮细心保留好。在香肠中间夹塞螯虾腿，螯虾腿要切成薄片在热黄油中过一下；倒进一只装有冰块的轻锅里；把火烧旺，利用这个时间把煨好的羊羔胸腺的圆形切片雅致地排列好；当香肠发出低沉的声音时，迅速起锅，淋上优质的波尔图葡萄酒；用白金刮刀搅拌；在一个模具上抹上油，放好，免得它生锈；上菜的时候，用一小袋氢氧化锂和四分之一升鲜奶做一份浓汁；和羊羔胸腺片装在一起，上菜，然后就没你什么事了。’”

“我没什么好说的了，”科兰说，“古费是个了不起的人物。告诉我，尼古拉，明天我的鼻子上会不会长痘子？”

尼古拉看了一眼科兰那酷似带钩螺钉的鼻子，做出了否定的结论。

“另外，趁我还没犯糊涂，您能不能告诉我瞟我舞怎么跳？”

“我还在跳布瓦希埃尔风格的脱位舞和六个月前在讷伊独创的西北风，”尼古拉说，“我对瞟我舞不是特别精通，只懂得一些基本舞步。”

“您觉得，”科兰问道，“一场舞跳下来，就能把必要的技巧学到手吗？”

“我觉得是可以的，”尼古拉说，“基本舞步，一点也不复杂。只要不犯粗野的错误和低级趣味就好了，其中有一个可能会犯的错误便是按布基伍基的节奏跳瞟我舞。”

“那也算错误吗？”

“那犯的是品位上的错误。”

尼古拉把谈话期间已经剥了皮的葡萄柚放在餐桌上，用生水洗了一下手。

“您急着要走？”科兰问道。

“上帝啊，不，先生，”尼古拉说，“我的菜还在做着呢。”

“那么，您若能教我瞟我舞的基本舞步，我将感激不尽，”科兰说，“到起居室去吧，我来放唱片。”

“我建议先生选择演奏速度像艾林顿公爵改编的《柯萝爱》那样的曲子，或者用《杰尼·豪治协奏曲》……”尼古拉说，“北美人说这种曲子的调调或忧郁或风骚。”

七

“瞟我舞的原理，”尼古拉说，“先生肯定已经有所了解，它取决于一种严格的同步振荡运动的两种活动源之间生发出的相互干扰。”

“我之前还真不知道，”科兰说，“它还运用了如此超前的物理学原理。”

“确切地说，”尼古拉说，“男女舞伴之间的间距非常小，他们根据音乐的节拍让他们的身体像波浪一般起伏。”

“真的？”科兰有些忐忑不安地问道。

“如此一来，”尼古拉说，“就会产生一种静止波系，就像声学里说的那样，呈现波节和波腹，对于舞厅里气氛的营造，它可是劳苦功高。”

“那当然……”科兰喃喃道。

“瞟我舞的专业舞者，”尼古拉继续说，“让他们的某些肢体分别产生同步振荡，有时能成功地固定干扰波源。不啰嗦了，我来试着给先生示范一下怎么跳。”

科兰按照尼古拉的建议，选了那首《柯萝爱》，把唱片固定在电唱机唱盘的中心。他小心翼翼地把唱针针尖放进第一道槽纹的最里面，看见尼古拉开始摆荡。

八

“先生很快就要大功告成了，”尼古拉说，“再加把劲。”

“可是，”科兰大汗淋漓，问道，“为什么要放节奏慢的曲子呢？难度要大得多。”

“这是有原因的，”尼古拉回答道，“按理说，男女舞伴之间要保持适度的距离。用节拍缓慢的曲子，就可以对波动进行调节，使固定源处在两个舞者身体的半高部位：这时头和脚都可以活动。遗憾的是，一些不太严谨的人开始时都像黑人那样按劲舞的节拍跳瞟我舞。这种事情时有发生。”

“您的意思是？”科兰问道。

“我的意思是，脚部一个活动源，头上一个活动源，然后，很不幸地，腰部出现了一个活动中介点，因为那些固定点或者叫假关节是胸骨和膝盖。”

科兰的脸涨得通红。

“我明白。”他说。

“要是用布基舞曲，”尼古拉总结道，“就会产生更加——可以用这个词——淫秽的效果，因为这种曲子通常都是纠缠不休的。”

科兰陷入了沉思。

“这瞟我舞您是在哪里学会的？”他问尼古拉。

“是我的外甥女教的……”尼古拉说，“我在和我姐夫的对话过程中，创建了瞟我舞的一整套理论。先生您可能也知道，他是法兰西研究院院士，没费什么劲就掌握了要领。他甚至告诉我，他十九年前就做过了……”

“您的外甥女满十八岁了吗？”科兰问道。

“十八岁零三个月了……”尼古拉纠正道，“要是先生这里没我什么事的话，我要回厨房查看我的菜了。”

“去吧，尼古拉，另外，还要谢谢您。”科兰一边说，一边把刚刚停转的唱片取了出来。

九

我要穿那套米色的西服和蓝色的衬衫，戴上那条米色和红色相间的领带，穿上那双鞋头有洞眼的麂皮鞋，还有那双红色和米色相间的袜子。

我先要去洗个澡，然后刮胡子，然后休整一番。

然后，我要到厨房里去问尼古拉：

“尼古拉，您想不想跟我一起去跳舞？”

“我的上帝啊，”尼古拉回答道，“假如先生非要我去不可的话，我就去，可是，如果不是那么回事的话，我会更乐意处理几件迫在眉睫的事情。”

“尼古拉，要是我刨根问底，会不会很冒失？”

“我是本区仆人哲学俱乐部的主席，”尼古拉说，“因此，身不由己，隔三差五都要去开会。”

“尼古拉，我能冒昧地问一下今天会议的主题是什么吗……”

“今天的议题是 engagement①，要对让－萨尔·保特的介入理论，在殖民军队里的服役或再服役，以及仆人受私人雇佣或聘用做一番比较。”

① 法语中的 engagement 有多重意思，包括“介入”“应募入伍”“雇佣”等。

“西克可能会感兴趣！”科兰说。

“非常可惜非常遗憾的是，”尼古拉说，“该俱乐部很难加入。西克先生可能不被接纳。只有，仆人们……”

“尼古拉，”科兰问道，“您为什么总说‘仆人们’而不是‘仆人’？”

“先生可能注意到了，”尼古拉说，“‘仆人’是无关紧要的，但‘女仆’显然更刺激人的神经……”

“尼古拉，您说得有道理。依您之见，我今天会不会遇见心上人呢？……我想找一个像您的外甥女一样的心上人……”

“先生老惦记着我外甥女要不得，”尼古拉说，“因为从最近发生的一些事情来看，西克先生已经捷足先登了。”

“可是，尼古拉，”科兰说，“我好想好想谈恋爱……”

一缕轻盈的烟雾从开水壶的壶嘴里冒出来，尼古拉走过去开门。门房送了两封信上来。

“有信吗？”科兰问道。

“很抱歉，先生，”尼古拉说，“两封信都是我的。先生在等什么消息吗？”

“我希望有个女孩给我写信，”科兰说，“我会很爱她的。”

“到中午了，”尼古拉最后说，“先生想用餐了吗？有捣碎的牛尾巴和一碗加了香料的潘趣酒，还有涂了鳀鱼酱的面包头。”

“尼古拉，为什么我不邀请另一个女孩子，西克就不带您的外甥女来这里吃午饭呢？”

“我说的话先生别往心里去，”尼古拉说，“换了我，我也会那么做的。因为先生毫无疑问是小帅哥……”

“尼古拉，”科兰说，“要是今天晚上我没谈上恋爱，说真的，我……我就搜集波弗娃公爵夫人[1]的作品，跟我的朋友西克唱反调。”

---

① 此处影射萨特的女友西蒙娜·德·波伏瓦。

十

“我好想谈恋爱，”科兰自言自语道，“你好想谈恋爱。他也好想（谈恋爱），我们好想谈，你们好想谈。他们也好想坠入爱河……”

他在浴室的镜子前系着领带。

“就差上装和大衣还没穿，围巾、左手手套和右手手套还没戴。不要戴帽子，免得把头发搞乱。你在那里做什么呢？”

他招呼那只长着黑胡子的小灰鼠，它待在刷牙的杯子里，甚至伏在杯子的边沿，那显然不是它该待的地方，而且它还带着一副满不在乎的神气。

“设想一下，”他在浴缸（长方形的黄色搪瓷浴缸）的边沿坐下，凑过去对小灰鼠说，“我在蓬多扎那家遇见一位老朋友某某……”

小灰鼠点了点头。

“设想一下，为什么不呢？设想他有个表妹，穿着白色的圆领套头衫、一条黄色的短裙，名叫阿尔……奥内西姆……”

小灰鼠把爪子交叉着，显得很惊讶。

“这个名字不漂亮，”科兰说，“可你呢，你只是一只小灰鼠，还长着胡须。那又怎么样呢？”

他重新直起身子。

“已经三点钟了。你看，你让我浪费了好些时间。西克……西克肯定早就到那里了。”

他吮了吮手指，然后把它举到头顶上，但随即又放了下来。手指在头顶上烫得很，就像在火炉里一样。

“空气中有爱情在弥漫，”他得出结论，“爱情火辣辣的。”

“我站起来，你站起来，他站起来，我们、你们、他们都站起来。你想从杯子里出来吗？”

小灰鼠自个儿从杯子里爬了出来，借此证明它不需要任何人的帮助，离开时还叼走了一块形似棒棒糖的肥皂。

“别黏得到处都是。”科兰说，“你也真够嘴馋的！……”

他走出卫生间，走进卧室，穿好上衣。

“尼古拉一定已经走了……他一定认识一些花容月貌出类拔萃的女孩……有人说奥特伊的女孩子进入那些哲学家的家里，就像那些无所不为的女仆……”

他把卧室门关上。

“左边袖子的衬里有点撕破了……我已经没有绝缘胶布了……倒霉，钉颗钉子上去吧。”

门在他的身后砰的一声关上了，就像用手拍打一个光溜溜屁股时发出的声响……吓得他不寒而栗……

“还是想想别的事情吧……设想我在楼梯上把脸摔破了……”

楼梯上的地毯是淡紫色的，非常淡，每隔三级就有地方磨损：实际上，科兰下楼梯的时候总是飞快地四级四级地往下冲。他的两只脚被一根镀镍的金属杆绊了一下，人栽倒在楼梯扶手上。

“这就是嘴巴贱的下场。活该。我、你、他，真够蠢的！……”

他背上很痛，走到楼下时他明白是怎么回事了，他从大衣衣领中取出一根长长的金属杆……

外面的大门在他身后关上，发出亲吻裸露的香肩的声音……

“这条街上有什么好看的吗？”

首先跃入眼帘的，是两个挖土工人在玩跳房子游戏。最胖的那个家伙的肚子违背主人的意志，不合时宜地颠动着。他们用一个红色的耶稣受难像充当游戏所需的圆石片，但那上面没有十字架。

科兰从他们身边走过去。

右边，左边，都耸立着一些装有起落窗的漂亮的柴泥建筑。一位妇女斜倚在窗前，科兰给她一个飞吻，她则在他的头顶上方抖动着银黑相间的绒布做的床前小地毯，她丈夫不喜欢这毯子。

商店给那些外貌冷酷的高楼大厦带来少许活泼气息，一排摆着江湖魔术师各类用品的橱窗引起了科兰的注意。他发现玻璃生菜盆和固定垫料的钉子的价格与前一周相比上涨了不少。

他迎面碰到了一条狗和两个人。寒冷把人们留在了家里，那些成功地从寒冷的禁锢中脱身的人留下了褴褛的衣衫，咽峡炎把他们折磨得奄奄一息。

十字路口，警察把脑袋缩进了斗篷，俨然一把大黑伞。几个咖啡馆服务生在他周围跳圆舞暖身。

一对情侣在门廊下面拥吻。

“我不想看见他们……我不，不想看见他们……他们让我心烦……”

科兰穿过街道。一对情侣在一个门廊下拥吻。

他闭上眼睛，撒腿就跑……

他很快又把眼睛重新睁开，因为他看见眼皮下面有成堆的女孩子，她们会叫他迷失方向。他前面就有一个，走的是同一个方向。可以看见她白色高帮皮鞋里雪白的小腿、年老色衰的粗毛皮大衣和配套的窄边软帽，还有窄边软帽下面的红棕色头发。大衣在她的周围摆动，把她的肩膀衬得很宽。

“我想赶到她前面去，一睹她的芳容……”

他赶到了她的前面，忍不住哭了。她看起来至少有五十九岁。他在人行道边坐了下来，哭成一个泪人儿。哭了一阵之后，他觉得轻松了许多，眼泪结成冰挂，噼啪作响，在人行道平滑的花岗岩上撞得粉碎。

五分钟后，他发现自己已经走到了伊西丝·蓬多扎那家的房子前。两个年轻的姑娘从他身旁经过，走进大楼的前厅。

他的心无限地膨胀开来，心情变得轻松自如，脚下不觉有些飘飘然。他跟在她们后面走了进去。

十一

从二楼开始，就能隐约听见伊西丝父母家开派对的喧哗声。楼梯绕着自己转了三圈，就像一把电颤琴里的圆柱共鸣器的叶片，把楼梯井里的声音扩大了。科兰在爬楼梯，鼻子贴到了两个女孩子的鞋后跟。浅色的尼龙做的，加固了的漂亮的鞋后跟，精皮高跟鞋，还有纤细的脚踝。然后是长筒袜的缝接，打着细微的褶裥，恰似长长的履带，还有膝盖连接部分的关节连接窝。科兰停了下来，落后了两级楼梯，然后重新出发。现在，他看见了左边那个女孩的长筒袜的上部，加厚的线圈和阴影下白皙的大腿。另一个女孩子的短裙，是细平的褶子裙，没能让他一饱同样的眼福，但海狸皮大衣里，她的臀部扭得比前面那个女孩更圆润，形成一个浅浅的时隐时现的断褶。老盯着女孩子臀部看不成体统，所以科兰把视线转移到了她的双脚上，它们在三楼停住了。

他跟在两个女孩子身后，一个小丫头走出来给她们俩开门。

“科兰，您好，”伊西丝说，“身体好吗？”

“您好，您……”科兰说，“生日快乐！”

他一把拉过她，亲了一下她的发梢。她身上香气袭人。

“可这又不是我的生日！”伊西丝抗议道，“是杜邦的生日！……”

“杜邦在哪里？我要向它祝寿！”

“真讨厌，”伊西丝说，“今天上午，我们把它带到剪毛店，想把它打扮得漂漂亮亮的。我们给它洗了个澡，全身都弄得清清爽爽。可是，两点钟的时候，它的两个朋友来了，带了一包极脏的骨头，然后把它带走了。它回来的时候肯定会变成一个邋遢鬼！……”

“再怎么说，今天都是它的生日。”科兰提醒说。

透过双扉门的门洞，他看见了里面的男孩子和女孩子。约莫有十来个人在跳舞，大部分人都按照同一性别，两个两个地紧挨着站在那里，倒剪着双手，用不大服气的口吻，交换着一些不大令人信服的想法。

“把大衣脱下来，”伊西丝说，“进来，我带您去男孩子的更衣室。”

他跟在她身后，迎面遇上另外两个从那间由伊西丝的闺房改装成的女子更衣室回来的女孩，女孩身上的袋子和粉盒窸窸窣窣地响着。天花板上挂着一些从肉铺里借来的铁钩，为了美化房间，伊西丝还借了两个剥得很干净的羊头，它们正在一排排钩子后面微笑呢！

男孩子的更衣室安排在伊西丝父亲的书房里，里面的家具都搬走了。把剥下来的外套丢在地上，就万事大吉了。科兰不会草率了事，他在镜子前面伫立了片刻。

“好啦，快出来，”伊西丝不耐烦地说，“我要把您介绍给一些迷人的姑娘。”

他抓住她的两只手腕，把她拉到面前。

“您的裙子真好看。”他对她说。

这是一条款式非常简单的淡绿色毛料长裙，缀上了大颗大颗的镀金陶瓷扣子，一块锻铁丝网撑起了背后的裙腰。

“您喜欢吗？”伊西丝问道。

“非常好看，”科兰说，“有没有办法把手伸进铁丝网而不被咬住？”

“您可别太信任它。”伊西丝说。

她挣脱开，拉着科兰的手，把他带到让人汗流浃背的中心。他们挤开两名新到的男生，钻进走廊的拐弯处，从餐厅门抵达核心地带。

“呀！”科兰问道，“阿丽丝和西克已经来了？”

“是呀，”伊西丝说，“过来，我给你们做介绍……”

这些女孩子的模样总的来说还过得去，其中的一个穿着淡绿色的毛料长裙，缀上了大颗大颗的镀金陶瓷扣子，背后的裙腰形状很特别。

“您只要把我介绍给那个女孩子就可以了。”科兰说。

伊西丝摇了摇他的身子，让他保持镇静。

“您能不能听话一点？”

他已经瞄住了另一个，但依然拉着他的领路人的手。

“这是科兰，”伊西丝说，“科兰，我给您介绍柯萝爱。”

科兰把到了嘴边的话咽了回去。他的嘴巴痒痒的，就像塞满了烧煳的炸糕。

“您好！”柯萝爱说。

“好……您是不是艾林顿公爵改编的呢？[①]”科兰问……说完，他准备逃之夭夭，因为他确信自己说了句蠢话。

西克揪住了他的上衣衣摆。

“你这是要去哪里？你不至于现在就开溜了吧？你看！……”

他从口袋里掏出一本红色摩洛哥皮做的精装书。

“这是保特的《呕吐物的悖论》的最初版本……”

“你竟然把它找到了？”科兰问道。

说完，他想起自己准备溜之大吉，于是撒腿就跑。

阿丽丝挡住了他的去路。

“这么说，您一小段舞都还没跟我跳就准备逃走了？”她问道。

① 《柯萝爱》是艾林顿公爵的一支名曲，这位女孩与之同名。

“请原谅，”科兰说，“我刚刚说了一句蠢话，没脸留在这里了。”

“可是，别人用这种眼神看着您时，您哪能拒绝呢……”

“阿丽丝呀……”科兰一边抱着阿丽丝，脸在她的头发上摩挲着，一边哼唧道。

“怎么了，我的科兰老兄？”

“去他的……去他的……臭大粪！……该死的，活见鬼。你们看见那边的那个女孩了吗？”

“柯萝爱吗？……”

“你们都认识她？……”科兰问道，“我刚才跟她说了一句蠢话，我要开溜就因为这个。”

他没说，他的胸口里面就好像有一支德国军乐，只能听见擂战鼓的咚咚声。

“她是不是很漂亮？”阿丽丝问道。

柯萝爱长着两瓣红彤彤的嘴唇，一头棕色的头发，人看上去很快活，而那条裙子倒是没帮上她什么忙。

“我哪有那个贼胆！”科兰说。

说完，他撇下阿丽丝，走过去邀请柯萝爱。她看了他一眼，笑了起来，把右手搭在了他的肩膀上。他感觉到她的手指碰到他的脖子时凉丝丝的，他通过收缩右臂二头肌，缩小了他们两人身体的距离，大脑通过恰如其分选择好的一对颅脑神经传递指挥了二头肌的收缩运动。

柯萝爱又瞥了他一眼。她长着一双碧眼。她晃了晃脑袋，把那一头油亮的鬈发甩到后面，然后坚定果断地将鬓角贴住了科兰的脸颊。

周围一片沉寂，这个世界上余下的一切都变得无足轻重了。

可是，就像早该预料到的一样，唱片停了下来。这时，科兰才被重新拉回到现实之中，发现天花板上有天窗，楼上的房客正透过天窗向下俯瞰。他看见厚厚的水鸢尾花流苏把墙壁的下部遮了起来，五颜六色的气体从遍布这里那里的洞口弥漫开，还看见他的朋友伊西丝正站在他前面，用一个海西褶皱形托盘给他端来了花式糕点。

“谢谢，不用了，伊西丝。”柯萝爱摇了摇耳环说。

“谢谢，伊西丝。”科兰边说边拿了一块手指形巧克力泡芙。

“您不尝一块就亏大了，”他对柯萝爱说，“非常好吃。”

说着，他咳了一声，因为很不凑巧，他吃到了藏在蛋糕里的一根刺猬的刺。

柯萝爱大笑起来，露出一排漂亮的牙齿。

“怎么回事？”

他不得不放开她，走到一边去咳个够，最后总算不咳了。柯萝爱端着两杯酒走了过来。

“喝了，”她说，“可以给您压压惊。”

“谢谢，”科兰说，“是香槟酒吗？”

“是混合饮料。”

他喝了一大口后，呛住了。柯萝爱忍不住大笑起来。西克和阿丽丝跑了过来。

“怎么了？”西克问道。

“他居然不会喝酒！”柯萝爱说。

阿丽丝亲切地拍了拍他的后背，声音响得像巴厘岛上的铜锣。听到锣声，所有的人都停止了跳舞，准备就餐。

“好了，”西克说，“我们清净了。要不要放一张好听的唱片？……”

他朝科兰使了一个眼色。

“我们跳一段瞟我舞好不好？”阿丽丝提议。

西克在电唱机旁边的那堆唱片里搜寻着。

“跟我跳舞，西克。”阿丽丝对他说。

“马上就好，”西克说，“我放一张唱片。”

是一首布基伍基。

柯萝爱等待着。

“你们不会按照这种音乐节拍跳瞟我舞吧？……”科兰大惊失色地问。

“为什么不呢？……”西克反问道。

“别看这种舞。”他对柯萝爱说。

他微微低下头，在她的耳朵和肩膀之间亲了一下。她一阵战栗，但并没有把头偏到一边去。

科兰也没有松开嘴唇。

阿丽丝和西克则在忘情地演示黑人风格的瞟我舞。

唱片很快就放完了。阿丽丝走到一边，在找接着要放的唱片。西克顺势歪倒在长沙发上。科兰和柯萝爱就在他前面，他一把抓住他们的腿，让他们倒在他的旁边。

“哎，我的羊羔们，”他问道，“进展顺利吗？”

科兰坐了下来，柯萝爱小鸟依人般舒服地靠在他的身上。

“这个小姑娘，她很善良，嗯？”西克问道。

柯萝爱笑了。科兰什么也没说，但用手臂勾住了柯萝爱的脖子，开始心不在焉地摸弄着她裙子上的第一颗扣子，裙子的开口在前面。

阿丽丝回来了。

“过去一点，西克，我想坐在科兰和你中间。”

她选了一张很合适的唱片。正是那首《柯萝爱》，艾林顿公爵改编的那首曲子。科兰轻轻地咬着柯萝爱耳边的头发，喃喃道：

“这正是您的曲子。”

柯萝爱还没来得及回答，其他人就已经回来跳舞了，他们闹了半天才搞清楚：开餐的时间还早得很呢！

“噢！……”柯萝爱说，“真遗憾！……”

十二

“你还会和她见面吗？”西克问道。

他们坐在餐桌边，面对着尼古拉的最新作品：一盘桃仁南瓜。

“我不知道。”科兰说，“我不知道该怎么做。你知道，她是一个很有涵养的女孩子。上次，在伊西丝家，她喝了很多香槟酒……”

“香槟酒很适合她，”西克说，“她很漂亮。你别这样板着脸！……你想想，我今天发现了一本保特的《恶心前的预选》，这个版本采用非锯齿状的卫生纸印刷。”

“可是，那么多钱你都是从哪里弄来的呀？”科兰问道。

西克一脸的黯然。

“这书价钱非常贵，但我不能不买，”他说，“我需要保特。我喜欢图书收藏。我需要他的所有作品。”

“可是他会不停地写下去，”科兰说，“他每周至少发表五篇文章……”

“我当然知道。”西克说……

科兰让他再吃一点南瓜。

“我有什么办法能再见到柯萝爱吗？”科兰问道。

西克看了他一眼，微微一笑。

“是真的，”西克说，“我讲来讲去总是让－萨尔·保特，你都听烦了。我很想助你一臂之力……你要我做什么？……”

“很可怕，”科兰说，“我既感到绝望又感到无与伦比的幸福。对一件事情如此心醉神迷，真是件乐事。”

“我想，”他继续说，“我想躺在有些晒枯的草地上，有干土和阳光，你知道，枯黄的草像麦秆，脆脆的，还有许多小动物，以及干苔藓。我们趴在地上，凝望着。还要有一排篱笆，用石块和歪歪扭扭的小树围起来的，还有细小的树叶。那会是何等的惬意啊！”

“那柯萝爱呢？”西克问道。

“柯萝爱，当然包括在内，”科兰说，“我满脑子都是柯萝爱。”

他们沉默了半晌。一只长颈大肚瓶趁机发出一阵清脆的声音，那声音在墙壁间回荡。

“再来点索泰尔纳葡萄酒吧！”科兰说。

“好的，”西克说，“谢谢。”

尼古拉把另一道菜送了上来，是橙泥菠萝面包。

“谢谢尼古拉，”科兰说，“依您之见，我该怎么做才能再见到一个我心仪的女孩子？”

“我的上帝啊，先生，”尼古拉说，“这种情况显然会出现……我必须向先生承认，我从来没碰到过这种事情。”

“显而易见，”西克说，“您身材长得就像约翰尼·维斯穆勒[①]。但这也不是放之四海而皆准的规律。”

“我感谢先生对我的如此评价，这让我心里很受用。”尼古拉说道。他接着对科兰说：“我建议先生找到让您在他的家里见到那个让先生朝思暮想女孩的人，从他那里极力搜集该女子的习惯和经常出入的场所的相关信息。”

---

① 约翰尼·维斯穆勒（Johnny Weissmüller，1904—1984），美国著名游泳运动员和影星，曾获得6枚奥运会奖牌，67次打破游泳世界纪录。他曾在12部电影中出演人猿泰山，被誉为史上最成功的泰山扮演者。

"尼古拉，尽管您的表达方式错综复杂，"科兰说，"但我相信您的主意可能行之有效。可您也知道，人一旦恋爱，脑子就不好使了，所以我没跟西克说这个主意我早就考虑过了。"

尼古拉回厨房去了。

"这个小伙子前途无量。"科兰说。

"是的，"西克说，"他擅长厨艺。"

他们又喝了一点索泰尔纳葡萄酒。尼古拉回来了，手上端着一只大蛋糕。

"这是额外的甜点。"他说。

科兰拿起一把刀，在准备切平坦的蛋糕表面时，停住了。

"这蛋糕太漂亮了，"他说，"我们稍等一下。"

"等待，"西克说，"是小调的前奏曲。"

"你怎么会说出这样的话？"科兰问道。

他拿起西克的杯子，倒上金色的酒，它很醇厚，流动时像迟钝的乙醚。

"我不知道，"西克说，"这是个突如其来的想法。"

"干杯！"科兰说。

他们俩同时一干而尽。

"真够猛的！……"西克说，他的眼睛开始闪烁着忽明忽暗的淡红色的光。

科兰捂住胸口。

"何止是猛！"他说，"跟以前喝过的任何酒都不一样。"

"这没什么好说的，"西克说，"你还不是和我以前认识的那些人都不一样。"

"我敢打包票，"科兰说，"要是我们多喝一点，柯萝爱就会立马现身。"

“这有待证实！”西克说。

“你在激将我！”科兰一边说一边伸出杯子。

西克把两个杯子都倒满酒。

“等一下！”科兰说。

他关掉天花板上的吸顶灯和照着餐桌的那盏小灯。只有那尊苏格兰圣像上的绿灯依然在一个角落里亮着，西克照例在圣像前默想了片刻。

“噢！……”西克喃喃道。

在水晶玻璃杯里，那酒闪烁着朦胧的磷光，仿佛在散射无数色彩斑斓的光点。

“干杯！”科兰说。

他们一饮而尽。磷光留在了他们的嘴唇上。科兰重新把灯打开，似乎在犹豫要不要像那样一直站着。

“今天就破例一次，”他说，“我觉得我们俩能把这一瓶都干掉。”

“把蛋糕切开好吗？”西克问道。

科兰抓起一把银刀，在蛋糕光滑的白色表面上画了一条螺旋曲线。他突然停了下来，吃惊地看了一眼他的作品。

“我来试试别的。”他说。

他从餐桌上的那束花中拿起一片枸骨冬青叶，一手托住蛋糕，用一根手指顶住它，让它快速旋转起来，然后用另一只手在螺旋曲线中间插入冬青叶的叶尖。

“你听！……”他说。

西克听着。他听见了《柯萝爱》，艾林顿公爵改编的那首曲子。

西克看了科兰一眼。只见他脸色惨白。

西克把刀从他的手上夺下来，把它坚决地插进蛋糕。他把蛋糕劈成两半，在蛋糕里有一部送给西克的保特的新作，还有一张写给科兰的与柯萝爱约会的纸条。

十三

科兰站在广场的拐角处，等着柯萝爱。广场是圆的，有一座教堂，一些鸽子，一个街心花园，一些长椅，广场前面的碎石路面上停着许多小车和公共汽车。阳光也在等着柯萝爱，但它可以边等边玩，制造阴影，让野豆的种子在适当的缝隙中萌芽，让百叶窗打开，让一盏依然亮着的路灯羞愧难当，由于巴黎供电公司一名职员玩忽职守，这盏路灯一直没关。

科兰捻着他的手套边，想着他的第一句话该怎么说。随着时间的临近，这句话也越变越快。他不知道和柯萝爱在一起该做些什么。也许带她去一间茶馆，但那里的气氛通常令人沮丧，那些四十岁的贪吃的婆娘一边跷着小拇指，一边可以吃掉七块奶油蛋糕，他不喜欢看到那样的景象。照他的理解，男人才贪食，男人贪食理所当然而且不失尊严。不能去电影院，她不会答应的。不能去跑议员场[①]，她不会喜欢的。不能去看奔牛犊，她会害怕的。不能去圣路易医院，那里禁止入内。不能去卢浮宫，那里的亚述天使后面有林神。不能去圣拉扎尔火车站，那里没有一列火车，只剩下一些独轮车。

“早！……”

---

① 原文 députodrome 为作者生造的词语，由“议员”和“赛场”组合而成。

柯萝爱从他身后冒了出来。他赶紧脱下手套，但里面的手指被缠住了，他猛地一拳打到了自己的鼻子上，“哎哟”了一声，然后握住了她的手。她大笑不止。

“您看上去怪狼狈不堪的！……”

一件长毛皮大衣，颜色跟她的头发一样，一顶用同样的毛皮做的窄边软帽，一双小巧的有毛皮翻边的短筒靴。

她挽住科兰的胳膊。

“让我挽着您的胳膊，您今天不是很机灵！……”

“上次要机灵一些。”科兰承认。

她继续笑着，看了他一眼，笑得更带劲了。

“您在笑话我。”科兰可怜巴巴地说，“一点怜悯之心也没有。”

“您见到我高兴吗？”柯萝爱问。

“高兴！……”科兰说。

他们沿着他们见到的第一条人行道往前走去。一团玫瑰色的彩云从天上飘下来，飞到他们身边。

“我也去！”它提出建议。

“走吧！”科兰说。

于是，彩云将他们俩团团围住。在云里很暖和，还有一股桂皮糖的甜味。

“别人看不见我们了！”科兰说，“……但我们，我们能看见他们！……”

“是半透明的，”柯萝爱说，“您还是小心为妙。”

“没关系的，感觉还是很不错，”科兰说，“您有什么计划？……”

“就散散步吧……您不会觉得心烦吧？”

“那您就跟我说点什么吧……”

“我知道的事情都不是特别有趣，”柯萝爱说，“我们可以看看橱窗。您看这个橱窗！……蛮有意思的。”

在橱窗里，一个漂亮女子躺在一块弹簧床垫上，裸露着胸脯，一个仪器正在用精致的白毛长丝刷把她的乳房往上刷。广告牌上写着这样的文字：“用可尊敬的夏尔公司的羚羊牌鞋刷精心养护您的皮鞋。”

“这主意不错。”柯萝爱说。

“可这个驴唇不对马嘴啊！……”科兰回答道，“用手要舒服得多。”

柯萝爱脸红了。

“不要说这种话，我不喜欢男孩子当着女孩子的面说痞话。”

“很抱歉……”科兰说，“我想说的不是……”

见他露出一副如此懊悔的神情，她笑了起来，摇了摇他，想告诉他自己并没有生气。

在另一个橱窗里，一个系着屠夫围裙的大胖子正在屠宰小孩。这是公共救济事业局的宣传栏。

“这个真耗钱。”科兰说，“每天晚上的清洗费用一定都贵得惊人。”

“又不是真的杀人！……”柯萝爱大惊失色地说。

“我们怎么会知道呢？”科兰说，“在公共救济事业局，弄几个小孩还不是易如反掌的事情……”

“我不喜欢这种宣传栏，”柯萝爱说，“以前看到的宣传橱窗都不是这样的。我并不觉得这是一种进步。”

“没什么要紧的，”科兰说，“这玩意儿对那些已经相信这种愚蠢行为的人才奏效。”

“那个又是什么呀？……”柯萝爱问道。

橱窗里，有一只肚子安装在橡胶轮上，又圆又鼓。在告示上，可以读到这样的文字：“用这款电熨斗熨烫，您的肚皮也不会起褶子。”

“我知道那是谁的肚子！……”科兰说，“是我以前的那个厨师的肚子！……把它放在那里能派什么用场啊？”

“没什么啦，”柯萝爱说，“您不至于还要对这个肚子发表什么高见吧。而且，它也太肥了……”

“他做的菜多好吃呀！……”

“我们还是走吧，”柯萝爱说，“我再也不想看橱窗了，我不喜欢。”

“那我们干吗呢？”科兰问道，“我们去什么地方喝茶吧？”

“噢！还不到时候呢……而且，我不是很喜欢喝茶。”

科兰舒了口气，放松了，他的背带发出啪的一声。

“哪来的声音？”

“我踩到了一根枯树枝。”科兰解释道，他的脸涨得通红。

“我们去森林里散步好不好？”柯萝爱问。

科兰瞥了她一眼，喜不自胜。

“这主意妙。那里一个人也不会有。”

柯萝爱脸红了。

“我不是那个意思。而且，”为了报复，她补充道，“我们也不会离开大道，否则的话，会把脚弄湿。”

他夹了一下腋下的那只胳膊，感觉到它还在。

“我们走地下过道吧。”他说。

地下过道两边各有一排体积很大的鸟笼，城市管理员在里面寄放了一些为街心小广场和名胜古迹准备的鸽子。还有一些麻雀繁殖园，从那里传来小麻雀叽叽喳喳的叫声。过路的人很少走这个地下通道，因为这些鸟儿的翅膀会扇起一股可怕的穿堂风，细细的白色蓝色的羽毛随风飞扬。

“它们总是像这样闹腾不休吗？”柯萝爱一边说，一边固定好帽子，免得它飞走。

“并不总是同一批鸟在闹腾。”科兰说。

他用外套的下摆来自卫。

“我们赶紧超过这些鸽子。麻雀扇出来的风没那么大。”柯萝爱一边说一边紧靠着科兰。

他们加快脚步，走出了危险区域。那团云彩没跟他们一起走，它抄近道，已经在另一边等着他们了。

十四

深绿色的长凳看上去湿漉漉的。不管怎样，这条路人迹罕至，他们感觉特惬意。

“您不冷吧？”科兰问道。

“不冷，有这块云裹着。”柯萝爱说，“可是……我还是想和您贴得更近一些。”

“哦！……”科兰说完脸就红了。

这让他有一种异样的感觉。他用手搂着柯萝爱的腰。她的帽子歪到了一边，他的嘴唇边有一蓬光亮的头发。

“我喜欢和您在一起。”他说。

柯萝爱什么也没说。她的呼吸更急促了，她慢慢地把身子靠了过去。

科兰差不多是凑到她的耳朵边说话。

“您不觉得无聊吧？”他问道。

她摇了摇头，科兰趁机和她贴得更紧了。

“我……”他紧贴着她的耳朵说，而就在这时，就像不经意似的，她把头转了过来，科兰吻住了她的嘴唇。这一吻没有持续太长时间，但后面那一次感觉更好。于是，他把脸埋进柯萝爱的秀发，然后，两人待在那里，什么也不说。

十五

“阿丽丝，您能来真是太好了，”科兰说，“可是，只有您一个女孩子……”

“没关系的，”阿丽丝说，“西克同意了。”

西克点头同意。可是，说实在话，阿丽丝的声音并不是特别地欢快。

“柯萝爱不在巴黎，”科兰说，“三周前，她随一些亲戚去了南方。”

“啊！”西克说，“你一定非常难过吧。”

“我从来也没有像现在这样幸福过！”科兰说，“我想向你们宣布，我和她已经订婚了……”

“恭喜你。”西克说。

他避开了阿丽丝的目光。

“你们俩这是怎么了？”科兰问道，“好像都打不起精神。”

“没什么，”阿丽丝说，“是西克太笨。”

“哪儿的话，”西克说，“别听她的，科兰……没什么事的。”

“你们俩都说没什么事，可是你们的意见不统一，”科兰说，“所以，其中肯定有一个人在撒谎，或者你们俩都在撒谎。来吧，马上要开餐了。”

他们走进餐厅。

“阿丽丝，请坐。”科兰说，“坐到我身边来，告诉我发生了什么事。”

“西克很蠢，”阿丽丝说，“他说千不该万不该把我留在他身边，因为他没有钱让我过上舒坦的日子，他为不能娶我感到羞愧难当。”

“我是个混蛋。”西克说。

“我都不知道怎么说你们才好。”科兰说。

他自己那么幸福，所以他们俩闹不愉快让他特别难过。

“主要还不是钱的问题，”西克说，“而是阿丽丝的父母亲永远也不愿意我娶她，他们是对的。保特的一本书里就写到了一个这样的故事。”

“那是一部脍炙人口的作品，”阿丽丝说，“科兰，您没读过那本书吗？”

“你们俩就是这种人。”科兰说，“我敢肯定，你们所有的钱都会继续砸在那上面。”

西克和阿丽丝把头埋了下去。

“是我不好，”西克说，“阿丽丝再也不为保特花一分钱了。自从她和我生活在一起，她就几乎不再关心保特了。”

他的声音里隐含着一丝责备。

“我爱你胜过保特。”阿丽丝说。

她几乎要哭出来了。

“你是个好姑娘，”西克说，“是我配不上你。但这是我的恶习，我喜欢收藏保特的作品，可惜的是，一个工程师不可能做到要什么就有什么。”

“我很难过，”科兰说，“我希望你们俩无论什么事情都顺顺当当的。你们该打开餐巾了。”

在西克的餐巾下面，放着一本封面有半边使用臭鼬皮装帧的《呕吐》，而在阿丽丝的餐巾下面则放着一枚恶心形的金戒指。

“啊！……”阿丽丝说。

她用双臂搂住科兰的脖子，亲了他一下。

“你这家伙太大方了，”西克说，“我不知道如何感谢你；而且，你也非常清楚，我想感谢你，却心有余而力不足。”

科兰显得有些振奋。阿丽丝今天晚上真的楚楚动人。

“您用的是什么香水？”他问，“柯萝爱喜欢用两次蒸馏的兰花香精。”

“我不用香水。”阿丽丝说。

“她是自然香。”西克说。

“太神奇了，”科兰说，“您身上有大森林的味道，森林里还有小溪和小兔子。”

“您还是说说柯萝爱吧！……”受到奉承的阿丽丝说。

尼古拉把冷盘送了上来。

“你好，尼古拉，”阿丽丝说，“身体好吗？”

“挺好的。”尼古拉说。

他把盘子放在餐桌上。

“你不亲我一下吗？”阿丽丝说。

“您别觉得不好意思，尼古拉，”科兰说，“要是您能和我们一块用餐，我们会非常高兴……”

“哦，是的……”阿丽丝说，“和我们一块吃吧。”

“先生的话让我觉得无地自容。”尼古拉说，“我不能穿着这身衣服与先生同桌用餐……”

“听着，尼古拉，”科兰说，“您要是愿意，就去换衣服吧，但我命令您和我们一起吃饭。”

“谢谢先生，”尼古拉说，“我去换衣服。”

他把盘子放在餐桌上，然后走了出去。

“那么，”阿丽丝问，“柯萝爱怎么样？”

“用餐吧，”科兰说，“我不知道是什么菜，但一定很好吃。”

“你在吊我们的胃口！……”西克说。

“再过一个月我就要把柯萝爱娶回家了，”科兰说，“我多么希望婚礼明天就举行啊！……”

“啊！”阿丽丝说，“您运气真好。”

科兰为自己如此富有感到羞愧难当。

“哎，西克，”他说，“要不要我分点钱给你？”

阿丽丝含情脉脉地看了科兰一眼。他的心地那么善良，都可以看见他那些蓝色和淡紫色的思想在手上的血脉里跳荡。

“我不觉得这钱能派什么用场。”西克说。

“你可以用它来娶阿丽丝。”科兰说。

“她父母亲不干的，”西克答道，“我不希望她和父母亲的关系闹僵。她还那么年轻。”

“我已经不年轻了。”阿丽丝一边说一边在软垫椅上直起身子，好突出她那撩人的胸脯。

“他说的不是那个意思！……”科兰打断她的话，“你听着，西克，我有十万杜布勒松[①]，我把其中的四分之一分给你，有了这笔钱你就可以安安稳稳地过日子了。你继续上你的班，这么做准行。”

“我怎么谢你都不为过。”西克说道。

“别谢我。”科兰说，“我感兴趣的，不是所有人的幸福，而是每个人的幸福。”

有人揿门铃。

---

① 杜布勒松（doublezon）为作者杜撰的货币单位。

“我去开门，”阿丽丝说，“我是年龄最小的，为此您还指责我……”

她站起身来，双脚在柔软的地毯上留下薄薄的涂层。

是尼古拉，他是从那个供佣仆上下的楼梯下来的。他回来时，身上穿了件厚厚的米色和绿色相间的人字斜纹戈登呢外套，戴了一顶特别平的美国佬式毡帽，一双剥猪皮手套，穿着坚硬的印度食鱼鳄皮鞋。脱掉大衣的时候，他露出了一身富丽堂皇的盛装：棱纹为象牙色的栗色灯芯绒上衣和五个手指头再加大拇指那么宽的翻边的深蓝色长裤。

“啊！”阿丽丝说，“你真时髦！……”

“你好吗，我的外甥女？总是那么美丽动人吗？……”

他摸了一下她的胸脯和臀部。

“来吃饭吧。”阿丽丝说。

“朋友们，大家好。”尼古拉进屋时说。

“总算，”科兰说，“您总算决定像常人一样说话了！”

“那当然！”尼古拉说，“我也会的。可是，告诉我，”他继续说，“我们四个都用‘你’来称呼，好不好？”

“同意，”科兰说，“就这么定了。”

尼古拉在西克对面坐了下来。

“吃点小吃吧！”后者说。

“婚礼的伴郎，”科兰最后说，“你们愿意当我的伴郎吗？”

“一言为定，”尼古拉点头同意，“但是别找那些青面獠牙的女孩子做伴娘与我们配对，好吗？这是惯常的招数，众所周知……”

“我打算请阿丽丝和伊西丝做伴娘，”科兰说，“另外，叫德斯马莱兄弟做基佬傧相。”

“一言为定。”西克说。

“阿丽丝，”尼古拉又说，“去厨房把炉子里的菜端出来。现在，那道菜肯定已经好了。”

她按照尼古拉的吩咐，把那只实心的银盘端了出来。西克掀开盖子时，他们看见盘子里面有两尊用鹅肝雕出的小塑像，一尊是穿着燕尾服的新郎官科兰，另一尊则是披着婚纱的新娘柯萝爱。周围是举行婚礼的日期，而在一个角落上签着一个名字：尼古拉。

十六

科兰在大街上飞奔。

“这会是一场精彩纷呈的婚礼……婚礼定在明天，明天早上。所有的朋友都会到场……”

那条大街通向柯萝爱。

柯萝爱，您的双唇甜润，您的脸色像鲜果，您的双眼含情脉脉，您的身子给我盈盈暖意……

一些玻珠在街上滚动，几名孩子跟在玻珠后面。

“我要好几个月好几个月地吻您，才能把您吻个够；我要日复一日年复一年地吻您，才能把我想印在您身上的吻全部吻完，我想吻您的纤纤玉手，您的秀发，您的明眸，您的粉颈……”

街上有三个小女孩，她们唱着一支圆滚滚的圆舞曲，跳出来的舞却是三角形。

“柯萝爱，我好想知道您的双乳贴在我胸前是什么感觉，我用双手把您环抱，您用双臂搂着我的脖子，您那芳香四溢的小脑瓜枕在我的肩窝里，您那凝脂肌肤微微颤动，您身上散发出的芳香……”

天空明净、蔚蓝，寒风依旧，但没有那么凛冽了。黑黢黢的树木在暗淡的枝头抽出饱满的绿色芽苞。

“您不在我身边的时候，我看见您穿着那条缀着银扣的长裙，可是，您在什么时候穿过呢？不，不是第一次见面的那一天，是约会的那一天，穿在您那厚重柔软的大衣里面，还是贴身穿的。”

他推开商店的门，走了进去。

“我想买几簇花送给柯萝爱。”他说。

“要什么时候送去呢？”卖花的女子问。

她年轻柔弱，双手红彤彤的。她好喜欢鲜花。

“明天早上送去吧，送到我家去。要让我们的房间摆满鲜花，百合花、白菖兰、玫瑰，还有许多别的白花，尤其是，要放上一大束红玫瑰……”

十七

德斯马莱兄弟正在为参加婚礼装扮。他们常常应邀担任婚礼的基佬傧相，因为他们相貌不错。他们是双胞胎。哥哥名叫科里奥朗，长着一头鬈曲的黑发，直挺挺的鼻子，长长的黄睫毛下面是一双蓝眼睛。他细皮嫩肉，一副纯洁无瑕的样子。弟弟名叫佩加斯，和哥哥长得很像，只是睫毛是绿色的，通常，这细微的差别就足以把他们俩区分开来。他们选择做基佬，是由于自身的需要，也是兴趣使然，可是，由于担任基佬傧相时别人给的报酬高，他们俩几乎不用再从事别的工作了。要命的是，这种致命的游手好闲时常让他们沾上不良的习气。正因为如此，前一天晚上，科里奥朗和一个女孩子发生了越轨的行为。佩加斯一边在一块三面镜子前面用雄性杏仁膏按摩腰部肌肉，一边对他严加训斥。

“你几点钟才回家啊，嗯？”佩加斯问道。

“我记不得了，”科里奥朗说，“我的事不用你管。你还是管好自己的腰吧。”

科里奥朗用一把止血钳拔眉毛。

“你是个下流坯！”佩加斯说，“居然跟女孩子搞上了！……要是被你的姑妈[①]逮着了，看你怎么交代！”

“啊！……你，你就从来没干过这种事情吗？嗯？”科里奥朗咄咄逼人地说。

“我什么时候干过？”佩加斯有些忐忑不安。

他停止对腰部的按摩，在镜子前面做了几个柔身动作。

“算了，”科里奥朗说，“我就不揭你的老底了，不想让你颜面扫地。帮我把短裤扣上。”

他们的短裤是特制的，裤裆在后面，自己去扣很难扣上。

“啊！”佩加斯冷笑道，“你知道了！你无话可说！……”

“算了，我跟你说过了！”科里奥朗说，“今天，是谁结婚？”

“是科兰娶柯萝爱。”弟弟厌恶地说。

“你干吗用这种语气说话？”科里奥朗问道，“那个人，心地很善良。”

“没错，他是很善良，”佩加斯嫉妒地说，“可她呢，她的胸部那么圆，实在是没办法把她想象成一个小伙子！……”

科里奥朗的脸涨得通红。

“我觉得她蛮漂亮……”他喃喃道，“我很想摸摸她的胸脯……她没让你产生这样的感觉吗？”

弟弟惊愕地瞥了他一眼。

“你真是个十足的下流坯！”他最后愤愤地下了结论，“没人像你这么淫荡……总有一天，你会找个臭婆娘结婚！……”

---

① 指男同性恋相好。

十八

教士从圣器杂物间走了出来，后面跟着一个“将军肚”和一个“吹事”。[①]他们端着几只瓦楞纸板做的纸箱，里面装满了装饰材料。

“约瑟夫，涂颜色工人的卡车开到时，你让卡车开进来，直接开到祭坛。”他对吹事说。

实际上，几乎所有的专职吹事都叫约瑟夫。

“全都涂成黄色吗？”约瑟夫问。

“加一些紫色的条纹。”将军肚说，此人名叫埃玛纽艾尔·尤多，一个身材魁梧、讨人喜欢的壮硕小伙子，身上的制服和金链子熠熠闪光，恰似冷冰冰的鼻子。

“是的，”教士说，“因为鸮大主教要来为新人赐福。[②]过来，我们要用这些纸箱里的所有材料，把乐师们的楼厅演奏台装饰一下。”

“有多少乐师呀？”吹事问。

“七十三个。”将军肚答道。

---

① 圣器杂物间 Sacristoche 是维昂生造的词，由圣器室 sacristie 和表示贬义的后缀 -oche 合成；“将军肚” bedon 与教堂执事 bedeau 谐音；“吹事” chuiche 是担任教堂侍卫的瑞士人 Suisse 的不正确发音。

② Chevêche（鸮）与 évêché（主教职位）谐音。Bénédiction（婚配降福）是婚礼的宗教仪式，但这里被维昂改成了生造词 béniction（赐福）。

“还有十四个信童[①]。”教士得意洋洋地说。

吹事吹了一声长长的口哨:“咻——咻——”

“他们才两个人举行婚礼啊!”他仰慕不已地说。

“是啊,”教士说,“有钱人的婚礼都是这么办的。”

“会来很多人吗?”将军肚问。

“人满为患!”吹事答道,“我要把那把红色的长戟和那根饰有红球的权杖拿出来。”

“不,”教士说,“应该拿那把黄色长戟和那根紫色权杖,那会显得更加华贵。”

他们到了楼厅下面。教士打开隐藏在一根支撑穹顶的支柱里的小门,把它推开。他们一个接一个走进狭窄的螺旋式楼梯。上面洒下朦胧的微光。

他们绕了二十四级螺旋楼梯之后,停下来歇口气。

“真难爬呀!”教士说。

吹事在最下面,同意教士的看法,将军肚被夹在他们两个之间,承认了这一事实。

“还剩下两圈半。”教士说。

他们在祭坛对面的楼梯平台上露出脑袋,平台高出地面一百米,在雾霭中若隐若现。云团不客气地涌进教堂,像大块大块的灰色棉絮一样穿过中殿。

“是个大晴天。”将军肚一边说,一边吸着云雾的气味,“它们散发出百里香的气味。”

“还夹带了一丝矢车菊的味道。”吹事说,“也闻得出来。”

“希望这场婚礼取得圆满成功!”教士说。

① 维昂把 enfant de choeur(神父的侍童)变成了 enfant de foi(信童),也是个生造词。

他们放下纸箱，开始用装饰材料装扮乐师的座椅。吹事把它们一一打开，吹掉上面的灰尘，递给将军肚和教士。

教堂的支柱在他们头顶上方升腾着，升腾着，仿佛要到很高的天空中去会合。未经磨光的石块，呈漂亮的奶白色，在和煦的日光的轻抚下，把轻薄静谧的光反射到四面八方。最上面，一片蔚蓝。

“要把麦克风擦得亮锃锃的。”教士对吹事说。

“我把最后一卷材料打开！”吹事说，“我这就去擦！”

他从身上的褡裢里抽出一块红色的毛料破布片，开始使劲地擦拭着第一个麦克风的底座。总共有四个麦克风，在乐队座椅前面排成一溜，按照这种方式组合，每一支曲子都和教堂外面的钟声应和，但在教堂里面，只能听见音乐声。

“抓紧时间，约瑟夫，”教士说，“埃玛纽艾尔和我已经大功告成了。”

“等等我，”吹事说，“再宽限我五分钟就好了。”

将军肚和教士重新合上材料箱的盖子，把它们堆在楼厅的一角，婚礼结束之后还要用的。

“我好了。”吹事说。

他们扣好降落伞的皮带，动作优雅地纵身跃入空中。三朵色彩缤纷的大花在丝绸的猎猎声中绽开，然后安然无恙地降落在中殿光滑的石板地面上。

十九

“你觉得我好看吗？”

柯萝爱的脸庞倒映在铺着细沙的银池子水面上，金鱼在池子里自由自在地嬉戏。在她的肩上，那只长着黑色胡子的小灰鼠正在用爪子挠着鼻子，看着水中变幻不定的倒影。

柯萝爱穿上了长筒袜，那袜子细得像是乳香烧出来的轻烟，颜色跟她的金色皮肤一样，她在袜子外面套了一双白色高跟皮鞋。身上的其他地方全都一丝不挂，只是手腕上戴了一只蓝色金手镯，手镯沉甸甸的，使她那纤细的手腕显得更加柔弱。

“你觉得我是不是该穿衣服了？……”

小灰鼠顺势从柯萝爱那圆溜溜的脖子上滑下来，落在她的一边乳房上，从下面仰视着她，好像赞同她的想法。

“那我就得把你放到地上了！”柯萝爱说，“你知道，今晚你要回科兰家了。你要跟这里的其他人道别！……”

她把小灰鼠放到地板上，看了看窗外，然后放下窗帘，朝床边走去。床上是她的白色婚纱，完全摊开了，两条清水色的裙子是伊西丝和阿丽丝的。

“你们俩装备好了吗？”

在卫生间里，阿丽丝正在帮伊西丝梳头。她们也一样，已经穿好了长筒袜和皮鞋。

“我们都不是很快当啊，你们俩和我一样。”柯萝爱故作严厉地说，“孩子们，你们知道吗，今天上午是我的婚礼呢！”

“还有一个小时呢！”阿丽丝说。

“一个小时的时间非常充裕，”伊西丝附和道，“你已经梳好头了！”

柯萝爱一边笑一边摇着耳环。房间里热气腾腾，非常暖和，阿丽丝的背部那么诱人，柯萝爱忍不住用扁平的掌心在上面轻轻地摩挲着。伊西丝坐在镜子前面，顺从地把头发交给动作干净利落的阿丽丝。

“你搞得我好痒！”阿丽丝笑着说。

柯萝爱故意挠她最怕痒的地方，从胸侧到臀部。阿丽丝的皮肤暖暖的，充满生机。

“你会把我的鬈发弄乱的。”伊西丝在修指甲消磨时间。

“你们俩，一个比一个漂亮，”柯萝爱说，“真遗憾你们不能这个样子去参加婚礼，我更希望你们只穿长筒袜和皮鞋。”

“宝贝，穿你的衣服去，”阿丽丝说，“你再不走，我们准备好的东西都会被你搞砸。”

“亲我一下，”柯萝爱说，“我太开心了！”

阿丽丝把她从浴室里赶了出去，柯萝爱在床上坐了下来，看着婚纱的花边，自顾自地笑着。她先把一副玻璃纸胸罩戴上，然后穿上白色的丝缎短裤。她的体形壮实，短裤穿上后乖乖地膨胀开，裹住了美臀的下半部分。

二十

“好了吗？”科兰问。

“还没呢。”西克回答道。

西克一次又一次地给科兰打领带结，已经第十四次了，但依然没打好。

“可以戴上手套试试。”科兰说。

“为什么？”西克问道，“戴上手套利索一些吗？”

“我不知道，”科兰说，“是我无意中想到的。”

“幸好我们提前动手了。”西克说。

“对啊，”科兰说，“可是，要是打不好的话，我们还是会迟到的。”

“啊！”西克说，“我们很快就会打好的。”

他完成了一整套手势麻利、衔接紧凑的动作，然后使劲地扯了一下领带的两头。领带从中间断成了两截，留在了他的两只手中。

“这是第三条了。”科兰有些心不在焉。

“啊！”西克说，“好了……我知道……”

他坐在一张椅子上，专心致志地揉着下巴。

“我不知道是怎么一回事。”他说。

“我也不知道，”科兰说，“但是这很不正常。”

“是不正常，”西克直截了当地说，“我把眼睛扭到一边试试看。”

他又拿起一条领带，把它随随便便地绕在科兰的脖子上，眼睛则兴致勃勃地盯着一只飞来飞去的小虫子。他把领带大的那一头压在小的那一头下面，让它从结扣里穿出来，往右边绕一圈，再从下面穿出来。不幸的是，就在这个时候，他的目光落在了他的作品上，领带倏地收紧，差点把他的食指勒断，疼得他嗷嗷直叫。

“真是活见鬼了！”他恼怒道，“倒霉透了！”

“把你弄痛了吗？”科兰体贴地问道。

西克使劲地吸吮着那只手指。

“我的指甲要积满淤血了。”他说。

“可怜的老兄！”科兰说。

西克嘟嘟囔囔地哝了句什么，然后看了科兰的脖子一眼。

“稍等！……”他舒了一口气，“可以把结打好了！……你别动！……”

他直视着科兰，小心翼翼地往后退了一步，然后抓起放在身后桌子上的一瓶菘蓝固定剂。他把小喷管的喷头慢慢地放到嘴边，悄悄地靠近科兰。科兰一边故意看着天花板，一边哼着小调。

喷出的火药粉正好击中了领带结的中央，领带突然快速跳了一下，然后就一动不动，被变硬的树脂死死地固定在了自己的位置上。

二十一

科兰从家里走了出来，西克跟在后面，他们徒步去接柯萝爱。尼古拉将直接去教堂与他们会合。他正在监视一道很特别的菜肴的火候，这道菜也是从古费那里找到的，他等着奇迹的发生。

他们经过的路上有一家书店，西克突然在书店前面停了下来。书店的橱窗里陈列着一本保特创作的《霉味》，是用紫色的摩洛哥皮装帧的，上面还印有波弗娃公爵夫人的纹章，书在橱窗里熠熠闪光，恰似一件价值连城的珍宝。

“哎呀！”西克说，“你瞧那本书！……”

“什么呀？”已经走过去了的科兰又走回来问，“啊！是那个啥呀？……”

“是啊。”西克说。

他开始流哈喇子了。一条小溪在他的脚下形成，沿着人行道的边沿，绕过那些不平坦的灰尘堆，往前流去。

“你想什么？”科兰问道，“你不是已经有一本了吗？……”

“我那本装帧不是这样的！……”西克说。

“哦！真讨厌！”科兰说，“走吧，我们来不及了！”

“至少要一两个杜布勒松。”西克说。

“肯定要。”科兰一边说一边已经走远。

西克在口袋里掏了一下。

“科兰！”他把科兰叫住，“……借我一点钱。”

科兰再次停下脚步，伤心地摇了摇头。

“我敢肯定，”他说，“我答应给你的两万五千杜布勒松也撑不了多久。”

西克的脸涨得通红，他低下头，但手已经伸了出来。他拿了钱，冲进书店。科兰心急如焚地等着。看见西克欢天喜地的神情，他又摇了摇头，但这一次充满了怜悯，然后，他的嘴角浮现出一丝微笑。

“你疯了，我可怜的西克！你为它花了多少钱啊？”

“花了多少钱不重要！”西克说，“我们抓紧时间。”

他们加快了脚步。西克仿佛跨上了腾飞的龙。

在柯萝爱家门口，一些人在围观科兰预订的那辆漂亮的白色轿车，这车刚刚交付，还配备了一名礼仪司机。车里全都覆盖着白色的毛皮垫，暖洋洋的，还可以听音乐。

天空蓝湛湛的，飘着轻盈的淡淡的云。天依然很冷，但没那么夸张了。冬天快到尽头了。

电梯的地板在脚底下拱起来，而后，在一阵无精打采的巨大痉挛中，把他们送到了楼上。电梯门在他们前面自动打开。他们按响门铃，有人过来开门。柯萝爱正在等着他们。

除玻璃纸胸罩、白色的小短裤和长筒袜之外，她身上还穿着加厚的平纹细布长裙，肩上披着一块宽大的罗莎头巾，只有脑袋还整个儿自由地露在外面。

阿丽丝和伊西丝也是同样着装，只是她们的长裙是清水色的。她们的鬈发在阳光下闪着金光，大蓬大蓬地泻下来，在肩上弯成弧形，散发出芳香。都不知道该挑选哪一个才好！但科兰知道。他不敢拥抱柯萝爱，担心把她身上浑然一体的装束弄乱，所以他找了伊西丝和阿丽丝来弥补。她们俩乐得让他闹腾，因为他看上去那么开心。

整个房间都摆满了科兰挑选的白花，床铺已经弄乱了，枕头上有一片红玫瑰的花瓣。花的香味和女孩子的体香交融在一起，西克觉得自己是蜂房里的一只蜜蜂。阿丽丝戴了一朵淡紫色的兰花，伊西丝戴着鲜红的玫瑰，柯萝爱的头上则插着一支硕大洁白的茶花，手上还捧着一束百合，一个常青藤叶子做的手镯在她那只硕大的蓝金手镯边熠熠闪光，那些叶子苍翠欲滴，不久之前才上过清漆。她那只订婚戒指镶嵌了正方形或长方形的小颗钻石，用摩尔斯电码的方式呈现出科兰的名字。角落里，一束花下面露出了一位摄像师的脑瓜子，他正在那里狠命地摇着手柄呢！

科兰和柯萝爱一起摆拍了几个姿势，然后是西克、阿丽丝和伊西丝。大家凑在一起，跟着柯萝爱朝电梯走去，柯萝爱率先进了电梯。电梯的钢缆在过于沉重的负荷下拉长了，也无须按下楼的电钮了，但出电梯门时他们可得小心，他们必须一起同时出到外面，否则会随电梯一起被拽回楼上。

司机拉开车门。科兰和三个女孩子坐后排，西克则坐副驾驶位，汽车随后就出发了。街上的行人纷纷回头，兴奋地摇着手臂，以为是总统大驾光临，然后他们继续赶路，心里盘算着一些金晃晃的东西。

教堂不太远。汽车画了一条漂亮的心形曲线，然后在石级下面停住了。

台阶上，在两根粗大的彩雕石柱之间，教士、将军肚和吹事在进行婚礼前的滑稽表演，以招徕观众。在他们身后，长长的白绸帷幕垂挂下来，一直拖到地上，十四名信童正在跳芭蕾舞，身穿白色罩衣、红色短裤和白皮鞋。女孩子穿的不是短裤，而是红色的小褶裙，头发上插着红色的小羽毛。教士手执大鼓，将军肚吹着短笛，吹事则用马拉加沙球打出节拍。三人一起合唱副歌，然后吹事开始跳踢踏舞，抓住一把低音提琴，按照一支流行音乐的曲调，用琴弓拉出非凡的爵士乐主题的主旋律。

七十三位乐师已经在楼座的演奏台上演奏了，教堂的钟声也声嘶力竭地响着。

突然出现了一个不和谐的和弦，因为乐队指挥太靠近楼座的边沿，刚才一脚踏空了，于是副指挥揽下了指挥权。就在乐队指挥在石块地板上摔成肉酱时，乐师们奏出了另外一个和弦，好盖住那个撞击地面的声音，但受到震动的教堂还是在地基上晃了一下。

科兰和柯萝爱惊叹不已地看着教士、将军肚和吹事的滑稽表演，两个副吹事在后面，在教堂门口，等着奉上长戟的时刻到来。

教士用鼓槌要把戏一般擂出最后一通隆隆鼓声，将军肚则用笛子吹出一声极其尖厉的猫叫，整整齐齐地排列在台阶上看新娘的信徒中，有一半人听到后变得虔敬起来，而吹事在最后一个和声中，把低音提琴的弦悉数拉断。这时，十四名信童一个跟着一个走下台阶，女孩子排在车门右边，男孩子则在左边。

柯萝爱走下车来。她穿着白色的婚纱，风姿绰约，光彩照人。阿丽丝和伊西丝跟在后面。尼古拉刚刚赶到，也加入到这个群体当中。科兰挽着柯萝爱的胳膊，尼古拉挽着伊西丝，西克挽着阿丽丝，他们登上台阶，后面跟着德斯马莱兄弟，科里奥朗在右边，佩加斯在左边，与此同时，那些信童成双成对地走过来，在台阶上一溜排开，做着相互抚爱的动作。教士、将军肚和吹事放好乐器之后，一边等候着，一边跳起了轮舞。

台阶上，科兰和他的几位好友的队伍进行了一番复杂的整编，然后以适当的队列进入教堂：科兰和阿丽丝，尼古拉由柯萝爱挽着，紧随其后的是西克和伊西丝，最后是德斯马莱兄弟，只不过，这一次，佩加斯在右边，科里奥朗在左边。教士和他的心腹停止转动，走到队伍的前头，一起唱起了一首单旋律圣歌，朝大门拥去。副吹事们经过时把一只小水晶球在他们的头上砸碎，水晶球很薄，里面装着洗礼的圣水，然后在他们的头上插一炷点燃的香，男的头上燃烧的香泛着黄色的火光，女的则是紫色。

轻便轨道翻斗车整齐地排放在教堂的大门口。科兰和阿丽丝率先上车坐下，而后立即出发。翻斗车一头扎进一条黑暗的走廊之中，走廊里弥漫着宗教的气息。翻斗车在轨道上疾驰，发出雷鸣般的响声，音乐则在声嘶力竭地回荡。在走廊的尽头，翻斗车一头撞开了一扇门，拐了一个九十度的弯，圣像在一缕绿色的灯光中出现了，做着狰狞的鬼脸，阿丽丝身不由已地靠在了科兰的身上。一些蜘蛛网从他们的脸上扫过，他们想起了一些祈祷词的片段。第二个出现的是圣母，然后是上帝，面对眼睛肿得像发黑的黄油、一脸不高兴的上帝，科兰想起了全部的祈祷词，都能背出来给阿丽丝听了。

翻斗车在震耳欲聋的撞击声中穿过侧栏拱门，随即突然停住。科兰让阿丽丝留在车上，自己下了车，等候随后驾到的柯萝爱。

他们看了一眼中殿。那里已经聚集了一大群人。所有与他们相识的人都到了，正听着音乐，为如此美不胜收的婚礼仪式兴奋不已。

身着华丽服装的吹事和将军肚翻着跟头蹦蹦跳跳地出现了，走在领着鹗大主教的教士前面。所有的人都站起来，鹗大主教在一张宽大的天鹅绒扶手椅上坐下，椅子在石块地板上挪动的声音十分和谐。

音乐戛然而止，教士在祭坛前面跪了下来，在地上磕了三个头。将军肚朝科兰和柯萝爱走过来，把他们领到该去的地方，吹事则把信童安排在祭坛的两旁。此刻，教堂里死一般地沉寂，所有的人都屏住了呼吸。

耀眼的灯光从四面八方射出来，把光束照在一些镀金的器件上，照得它们光芒四射。教堂里黄色和紫色的宽幅条纹使中殿从里面看去，恰似一只仰躺着的巨大胡蜂的腹部。

乐师们在非常高的地方开始演奏一支含混的合唱曲。云彩陆陆续续地飘了进来，散发出芫荽和山中芳草的气息。教堂里面暖烘烘的，置身其中有一种被温和舒适的气氛包围的感觉。

科兰和柯萝爱跪在祭坛前面两张铺着天鹅绒的跪凳上，手牵着手，等待着。教士站在他们前面，快速地查阅着一本厚书，因为他记不得程序了。他不时地回过头来瞥一眼柯萝爱，他喜欢她的长裙。最后，他终于停止翻书了，重新直起身子，朝乐队指挥打了一个手势，乐队开始演奏序曲。

教士松了一口气，在十一把堵住了出口的小号的齐声伴奏下，开始唱礼。鸮大主教手握着权杖，正在打瞌睡。他知道轮到他唱时，会有人把他唤醒。

序曲和唱礼按照布鲁斯的一些古典主旋律写成。科兰早先提过要求，最先开始的那一段要采用艾林顿公爵改编的古老名曲《柯萝爱》。

科兰前面，只见被钉在一个巨大的黑色十字架上的耶稣悬挂在墙壁上。能够被邀请参加婚礼，他好像显得很高兴，正饶有兴致地看着下面的一切。科兰携着柯萝爱的手，含含糊糊地朝耶稣微笑着，他有些疲惫了。婚礼仪式让他花费不菲，用掉了五千杜布勒松，但婚礼取得成功他觉得很开心。

祭坛周围摆着一些鲜花。科兰喜欢此刻正演奏的乐曲。看见站在前面的教士，他听明白了是什么曲子，于是轻轻地合上眼帘，身体微微前倾，然后说了声："是的。"

柯萝爱也说了声"是的"，教士听罢使劲地握了一下他们的手。乐队演奏得更加激越，鸮大主教站起来做告诫。吹事钻进两排人中间，用手杖在西克的手指上狠狠地敲了一下，因为他刚刚打开了一本书，没注意听告诫。

二十二

鸮大主教走了。科兰和柯萝爱站在圣器杂物间里，跟嘉宾们一一握手，听着给他们带来好运的叫骂声。其他人则为他们俩如何度过洞房花烛夜出谋划策，一名小贩经过，建议他们买一些淫秽照片回去好好学习。他们开始感到疲惫不堪。音乐还在继续，人们在教堂里翩翩起舞，那里有洗礼水冰激凌、虔诚冷饮和小块的鳕鱼三明治供应。教士换上了平日里穿的服装，屁股那里破了一个大洞，但他打算用从五千杜布勒松中拿到的好处，为自己添置一件大氅。另外，他刚刚诓骗了乐队一把，这当然也是司空见惯之事，他拒绝支付乐队指挥的演出报酬，因为此人还没开始指挥就摔死了。将军肚和吹事正在给信童们脱衣服，好把这些服饰放回原处，吹事专门负责女童的衣服，他的两名副手是临时雇来的，早就离开了。涂色工人的卡车在教堂外面等着。他们准备刮下黄色和紫色颜料，放进那些令人恶心的小罐子。

阿丽丝、西克、伊西丝和尼古拉站在科兰和柯萝爱旁边，也在和人们一一握手。德斯马莱兄弟伸出手去找手来握。佩加斯发现哥哥跟身边的伊西丝靠得太近时，使尽全身力气在他的屁股上狠狠地掐了一把，骂他性倒错。

还剩下约莫十二个人，他们都是科兰和柯萝爱的至交，要参加下午的酒会。他们朝祭坛周围的鲜花看了最后一眼之后，走出教堂，来到台阶上时，感觉到冷风像鞭子一样抽打着面孔。柯萝爱开始咳嗽，她快步走下台阶，想尽快钻进暖烘烘的车厢。她在坐垫上缩成一团，等着科兰。

其他人站在台阶上看着乐师们离去，乐师们被塞进一辆囚车，因为他们个个债台高筑。他们在车里像沙丁鱼一样挤成一团，为了发泄心中的怨气，他们使劲地往乐器里吹气，小提琴手也如法炮制，结果弄出了一阵可恶的噪音。

二十三

科兰的卧室天花板很高，看上去差不多是四四方方的，它通过一个五十厘米高、跟整面墙壁一样宽、离地大约一米二十的窗洞采来外面的光。地板上铺了一层厚厚的浅橙色地毯，墙壁上蒙着一层真皮。

那张床并没有放在地毯上，而是架在一个半墙高的平台上。上床的话，要爬一副小橡木梯，橡木产自锡拉库萨，梯子上镶着红白相间的铜。床下面，平台形成一个凹龛，用来做会客厅。小客厅里有书籍，有几把舒适的扶手椅，还挂着达赖喇嘛的照片。

科兰还在呼呼大睡。柯萝爱刚刚睡醒，她看着科兰。她的头发乱蓬蓬的，显得更加年轻。床上只剩下一张床单，也就是垫在下面的那张，其他的一切，早就飞到了房间的各个角落，房间里开了火泵，温暖宜人。现在，她坐了起来，双膝托腮，揉着眼睛，伸了一下懒腰之后，重新躺倒在床上，枕头被她压得扁扁的。

科兰趴在床上，双臂搂着长枕头，流着口水，像极了一个大宝宝。柯萝爱笑了起来，跪在他旁边，使劲地摇他。他被摇醒了，用手腕撑住身体坐起，还没睁开眼睛就抱住她亲吻起来。柯萝爱温驯地就着他，把他引向自己身上那些最可宝贵的地方。她的皮肤呈琥珀色，像杏仁酱一样美味可口。

黑须小灰鼠沿着木梯爬了上来，提醒他们尼古拉正在等他们。他们想起了外出旅行的事，赶紧从床上跳了下来。小灰鼠趁他们不注意，从枕头边一只超大的人心果巧克力盒里叼出一大堆糖来。

他们快速地梳洗完毕，穿上相衬的衣服，快步朝厨房走去。尼古拉之前提出过邀请，请他们俩去他的领地吃早餐。小灰鼠跟着他们，在走廊里停下了，想看看为什么走廊里的阳光不像往常那么充足，找到机会的时候要把它们痛骂一顿。

“嘿，”尼古拉问道，“你们睡得好吗？”

尼古拉的眼睛上有黑眼圈，脸色多多少少有些发黑。

“挺好的。”柯萝爱顺势倒在一张椅子上，她的两脚发软，连站都站不稳了。

“那你呢？”科兰问道，他脚底一滑，跌坐在地上，也懒得爬起来。

“我嘛，”尼古拉说，“我送伊西丝回家，不出所料，她灌了我很多酒。”

“她父母亲不在家吗？”柯萝爱问。

“不在，”尼古拉说，“只有她的两个表妹在家，她们都希望我留在她们家。”

“她们都多大年纪呀？”科兰狡黠地问道。

“我不清楚，”尼古拉说，“但摸上去，我感觉一个有 16 岁，另外一个 18 岁。”

“你是在那里过夜的？”科兰问道。

“呃！……”尼古拉回答道，“她们三个都略有醉意，于是……我得把她们抱到床上。伊西丝的床很宽……还有位置。我又不想吵醒你们，所以我就和她们一起睡了。”

“睡了？……”柯萝爱问道，“那床一定硬邦邦的吧，看你气色很不好……”

尼古拉咳了一声，但咳得有点不自然，他在一些电子器械旁边忙了一阵子。

“尝尝这个。”为了岔开话题，他说。

那是一些夹了椰枣和李子的杏仁，泡在一种醇香的、上面浇了一层焦糖的糖浆里。

“你还能开车吗？”科兰问道。

“我试试看吧！”尼古拉答道。

“这个，味道很不错呀，”柯萝爱说，“尼古拉，跟我们一起吃吧。”

“我要喝一些更提神的东西。”尼古拉说。

他在科兰和柯萝爱的眼皮子底下调制出一种吓人的饮料。里面加了白酒、一勺醋、五个鸡蛋黄、两只牡蛎、一百克肉末，还加了新鲜奶油和一撮大苏打。所有这些东西一股脑进了他的喉咙，发出回旋加速器全速运转时的那种声音。

“怎么样？”科兰问，见尼古拉一脸的怪相，他笑得差点都喘不过气来。

“还行……”尼古拉费力地挤出了两个字。

果然不错，他眼睛上的黑眼圈突然消失了，如同抹了挥发油一样，脸色也明显地亮堂了起来。他抖动身体，握紧拳头，吼了一声。柯萝爱有些忐忑不安地看着他：

“你的肚子不疼吗，尼古拉？”

“哪会呢！……”尼古拉大喊大叫道，“好了，我给你们上余下的菜，吃完我们就开路。”

二十四

那辆硕大的白色轿车小心翼翼地在公路的车辙中为自己开辟出一条道路。科兰和柯萝爱坐在后座，心绪不宁地看着窗外的景致。天空低沉，一些红色的鸟儿贴着上下起伏的电报线上下翻飞，它们尖厉的叫声在水洼浅灰色的水面上荡漾。

“为什么我们要从这里经过呀？”柯萝爱问科兰。

“是在抄近道，”科兰说，“也是非走不可的一条路。平常走的那条路烂完了，所有的人都想着走那条路，因为那里天气总是非常好，可现在只剩下这条路了。别担心，尼古拉驾驶技术很娴熟。”

“我不喜欢这光线。”柯萝爱说。

她的心急速地跳动着，就像裹在一个十分坚硬的果壳里。科兰伸手搂住柯萝爱，用手指箍住她秀发下面娇媚的颈项，就像抓着一只小猫。

“好的，”柯萝爱说，她把脑袋缩回到肩膀里面，因为科兰在挠她痒痒，“摸摸我，我一个人很害怕……”

“要不要我把黄色玻璃换上？”科兰问道。

“多几种颜色吧……”

科兰按下绿色、蓝色、黄色和红色按钮，相应的车窗玻璃便跟着换上了颜色，感觉就像置身于一道彩虹之中，在白色的毛皮坐垫上，一些花花绿绿的影子每经过一根电报柱，都会翩翩起舞。柯萝爱感觉好多了。

公路的两旁有一层低矮稀疏的苔藓，是褪淡了的绿色，时不时，会看见一棵长得歪歪扭扭的乱蓬蓬的树。一片片烂泥浆在车轮底下飞溅，没有一丝儿风能在上面吹出涟漪。尼古拉死命地抓住方向盘，想控制好方向，在塌陷的路面上费力地行进。

他回了一下头。

“您别担心，”他对柯萝爱说，“路况不会总是这样的，很快就有变化了。”

柯萝爱扭头看了一下右边的玻璃，觉得毛骨悚然。一个长着鳞片的怪物站在一根电报柱边，正盯着他们看呢！

“你看，科兰……那是什么呀？”

科兰看了一眼。

“我不知道，”他说，“那个……好像不是什么凶神恶煞……”

“是维护线路的工人，”尼古拉若无其事地说，“他们穿成这样，主要是为了不让烂泥溅到他们身上……”

“那也……那也太丑陋了……”柯萝爱喃喃道。

科兰亲了她一下。

“别怕，我的柯萝爱，那只是一个人而已……”

车轮下面，土地显得结实些了，一缕幽微的亮光给天际着上了一层浅色。

“你看，”科兰说，“是阳光……”

尼古拉摇了摇头。

“是铜矿，”他说，“我们要从铜矿中间穿过去。”

尼古拉旁边的小灰鼠竖起了耳朵。

“是的，”尼古拉说，“到那里会很热。”

公路转了几个弯。泥浆现在开始冒出热气，汽车陷入散发出浓重铜臭味的白色蒸气的重重包围之中，然后，泥浆完全变成了硬块，公路重新露出了真容，布满裂痕，尘土飞扬。在很远的前方，空气在颤动，仿佛在一只大烤炉上面。

“我不喜欢这里，”柯萝爱说，“我们就不能从另一边绕过去吗？”

“只有这一条路，”科兰说，“想看看古费的书吗？……我带来了……”

他们没有带别的行李，打算需要什么东西都在路上购买。

“要把彩色玻璃降下来吗？”科兰问。

“降下来吧，”柯萝爱回答道，“现在，光线没那么差劲了。”

突然，公路又拐了一个弯，他们到了铜矿的中心。铜矿密密层层地排列在公路的两旁，在公路下面几米远的地方。暗绿色的矿场幅员广阔，一望无际，展示着它们的冷漠无情。成百上千的工人穿着密封的连裤工作服，在冶炼炉周围热火朝天地干活；另一些人在把电动翻斗车一刻不停地运来的燃料堆成整齐的金字塔状。铜矿石在高温下熔解，化作一条条红色的溪流，铜水边上是坚硬如石的海绵状的多孔矿渣。到处都有人在把铜水集中到那些大池子里，一些机器则把铜水汲出来，注入椭圆形的管道。

“多么可怕的工作啊！……”柯萝爱感叹道。

“但支付的薪酬很高。”尼古拉说。

几个人停下来看着汽车经过。从他们的目光中，只能看见夹杂着一丝鄙夷的怜悯。他们虎背熊腰，身强力壮，那样子好像已经百炼成钢、刀枪不入。

“他们不喜欢我们，”柯萝爱说，“我们赶紧离开这里。”

“他们在工作……”科兰说。

“这不是理由。”柯萝爱说。

尼古拉稍稍加快了速度。汽车在发动机的轰鸣声中和铜块的熔化声中，在龟裂的公路上飞驰。

“我们很快就要重新进入以前的那条老公路。”尼古拉说。

二十五

“为什么他们一脸鄙夷的神情？”柯萝爱问道，“工作不是那么令人愉快的事情……”

“别人灌输给他们的是，工作是令人愉快的，”科兰回答道，“通常情况下，人们觉得工作是令人愉快的。但实际上没有人这么认为。人们工作只是出于习惯，只是为了不去想工作到底是不是令人愉快。”

“反正，做一件可以由机器来承担的工作，是很愚蠢的。”

“机器也要由人来造啊，”科兰说，“大家都不工作的话，谁造机器呢？”

“啊！显而易见，”柯萝爱说，“要下一个蛋，先得有一只母鸡，但是一旦拥有了一只母鸡，鸡蛋就会源源不断。所以，最好先从母鸡开始。”

“也许先应该搞清楚，”科兰说，“是谁不让机器造出来。缺少的正是时间。人们把时间都耗在了生计上，所以他们就再也没有时间工作了。”

“你是不是恰好说反了呢？”柯萝爱问。

“没有反，”科兰说，“假如他们有时间制造机器，那机器生产出来之后他们就什么也不用做了。我想说的是，他们工作只是为了生计，而不是为了制造机器，而那些机器也许可以让他们不用工作就能过上好日子。”

“这很复杂啊！”柯萝爱说。

“不，”科兰说，“这是非常简单的事情。当然啦，可能得循序渐进。可是，人们在制作一些不经用的东西上浪费了太多的时间……”

“可是，你不认为他们更愿意待在家里抱抱老婆，到游泳池里游游泳，到外边去找找乐子吗？”

“他们不愿意，”科兰说，“因为他们根本没往这上面想。”

“可是，如果他们认为工作是一件快乐的事情，这是他们的过错吗？”

“不，”科兰说，“这不是他们的过错。因为有人说过：‘工作，是神圣的，是愉快的，是美好的，是至高无上的，只有劳动者才有权利享有一切。’只是，人们安排他们没日没夜地工作，所以他们不能从工作中获益。”

“那么，他们都是笨蛋啰？”柯萝爱问。

“是的，他们都是笨蛋，”科兰说，“正因如此，他们赞同那些让他们相信工作至高无上的人的观点。这让他们不去思考，不去追求上进和免于工作。”

“我们还是说说别的事情吧，”柯萝爱说，“这些话题，挺累人的。告诉我你喜不喜欢我的头发……”

“我已经跟你说过……”

他把她抱在腿上，又一次感到自己是世界上最幸福的人。

“我已经跟你说过，我爱你，爱你的全部，也爱你的每一个细部。”

“那你就细细地跟我说吧。”柯萝爱边说边依偎在科兰的怀里，温润得像条游蛇。

二十六

“对不起，先生，”尼古拉问道，“先生想让我们在这里下车吗？”

汽车在公路边的一家宾馆前停了下来。这是那条好公路，平滑，闪烁着有光化性的反光，路的两旁种植着那种圆得美不胜收的圆柱形树木，还有青青草地，有灿烂阳光，有奶牛在田间，有被虫蛀坏的栅栏，有鲜花绿篱，有苹果挂在苹果树上，有小堆小堆的枯草，而处处可见的积雪把风景装点得更加瑰丽多姿。宾馆里有棕榈树、金合欢和北国松，一个长着乱蓬蓬红棕色头发的服务生正赶着两只羊和一条兴奋不已的狗。公路的一边，有风在吹，而另一边没有，你可以选择自己喜欢的那一边。每两棵树中，只有一棵树有树荫，而那么多水沟，也只有一条水沟里面有青蛙。

“我们就在这里下车吧。”科兰说，“无论如何，我们今天到不了南方。”

尼古拉打开车门，走下车来。他穿着一件漂亮的猪皮做的司机制服，戴着一顶与之相配的精致的鸭舌帽。他往后退了两步，看了汽车一眼。科兰和柯萝爱也下了车。

“我们的汽车已经脏得不成样子了，”尼古拉说，“都是我们穿越泥浆时溅的。”

“没关系，”柯萝爱说，“让宾馆帮忙洗一下就可以了……”

“你进去看看还有没有房间，”科兰说，“也看看有没有东西可以填肚子。”

“遵命，先生。”尼古拉一边说，一边把手举到鸭舌帽边，那副样子比以往任何时候都更令人恼火。

他推开打过蜡的橡木栅栏门，门上包着天鹅绒的把手让他打了个激灵。他的双脚把砾石路踩得咔嚓咔嚓响，他上了两级台阶，玻璃门被他推了一把之后马上就屈服了，他消失在大楼里面。

百叶窗都放了下来，听不见任何响动。太阳不紧不慢地烘烤着从树上掉下来的苹果，让苹果的种子从地下破壳而出，变成嫩绿色的小苹果树，这些小树转瞬之间就开花了，结出了更小的果子。到了第三代，就只能在绿色和粉红色的地衣上看见一些像小玻珠一样滚动的苹果了。

几只小虫子在阳光中嘤嘤嗡嗡地飞着，奔赴一些不明确的使命，其中一些虫子的使命便是在原地转圈。在公路有风吹的那一边，禾本植物无声地弯下腰，一些叶子轻舞飞扬，发出窸窸窣窣声。几只鞘翅昆虫企图逆风飞行，翅膀在风中噼啪作响，恰似驶向大湖泊的汽船涡轮发出的声音。

科兰和柯萝爱紧紧地依偎在一起，默默地任阳光暴晒，两个人的心都在按着布基伍基的节奏怦怦地跳动。

玻璃门发出轻微的吱嘎声。尼古拉重新出现在他们眼前，他的鸭舌帽歪着戴在头上，制服也乱糟糟的。

“你是不是被他们撵了出来？”科兰问。

“不是，先生，”尼古拉说，“他们可以接待先生和太太，也可以对汽车进行维护。”

“你出什么事了？”柯萝爱问。

“呃！……”尼古拉答道，“老板不在……是他的女儿接待我的……”

“你还是整一整吧，”科兰说，“这样子成何体统。”

“还要请先生多多包涵，”尼古拉说，“但我想过，为了两个房间我做点牺牲是值得的……”

“你去换上便服吧，”科兰说，“然后重新开始用正常的方式说话。你都让我摸不着头脑了！……”

柯萝爱停了下来，玩着一小堆雪。

雪花轻柔、清新，依然是白的，没有融化。

“看它多漂亮啊！”柯萝爱对科兰说。

雪下面，有一些报春花、矢车菊和虞美人。

“是很漂亮，”科兰说，“可你不该碰它，你会受凉的。”

“哦！不会。”柯萝爱说，但说完她就开始像撕裂的绸布一样咳嗽起来。

“我的柯萝爱，”科兰用双臂搂着她说，“别这么咳，我很难受！”

她放下手上的雪，雪花像绒毛一样缓缓落下，在阳光下闪烁着金光。

“我不喜欢这种雪。”尼古拉说。

说完他赶忙改口。

“先生请务必原谅我像这样口无遮拦。”

科兰脱下一只皮鞋，朝尼古拉的脸砸过去，不承想尼古拉突然弯腰准备刮掉裤子上的小污块，听到玻璃打碎的声音他才重新直起身来。

“啊！先生……”尼古拉以责备的口吻说，“那正是先生要住的那个房间的窗户啊！……”

“算了，活该倒霉！”科兰说，“破了可以让我们吹吹风……再说，这也是给你的教训，看你还敢不敢像白痴那样说话……”

他在柯萝爱的搀扶下，单脚跳着朝旅馆的大门走去。打碎的窗玻璃开始重新生长。一层薄膜在窗框的边沿慢慢成形，薄膜是乳白色的，泛着变幻莫测的虹彩，颜色模糊不清，瞬息万变。

二十七

“你睡得好吗？”科兰问道。

“还行，你呢？”尼古拉反问，这一回，他穿上了普通服装。

柯萝爱打着哈欠，拿起那壶刺山柑花蕾糖浆。

“那块窗玻璃整得我睡不着。”她说。

“它没长拢吗？”尼古拉问道。

“没完全长拢，”柯萝爱回答说，“它的囟门还是开着的，从那里刮进来一大股穿堂风。今天早晨，我的胸口积满了外面的那种雪……”

“真讨厌，”尼古拉说，“我要去把他们臭骂一顿。我们上午就出发吗？”

“过了中午吧！”科兰说。

“我得把司机制服重新换上。”尼古拉说。

“啊！尼古拉……”科兰说，“你要是再那样……我就……”

“好吧，”尼古拉说，“但不是现在。”

他一口气喝下他自己的那一碗刺山柑花蕾糖浆，吃掉了面包片。

“我要去厨房里转一圈。”他站起身来说，并用一把袖珍铰刀把领带结调整好。

他离开了房间，能听见他那渐渐变小、可能走向厨房的脚步声。

“你希望咱俩做点什么呢，我的柯萝爱？”科兰问道。

“抱着接吻。”柯萝爱说。

“那当然！……”科兰答道，“然后呢？”

“然后，”柯萝爱说，“我不好意思大声说。”

“好吧，”科兰小声问，“然后呢？”

“然后，”柯萝爱说，“将是用午餐的时间。把我抱在怀里，我冷，是这些雪……”

阳光恍若金色的波涛似的一阵阵地涌进房间。

“这里并不冷。”科兰说。

“是不冷，”柯萝爱紧紧地依偎着他说，“可我感到冷。过后，我要给阿丽丝写封信……”

二十八

一踏上这条街，就只见人山人海，人群你推我搡，就为了挤进让－萨尔·保特做报告的大厅。

人们各显神通，机关算尽，想躲过验证请柬的封锁线，因为有人投放了几万张伪造的请帖。

有些人是坐灵车来的，宪兵将一支长长的钢矛插进棺材，把他们永远钉在了橡木上，这样倒也省心，可以直接掩埋，不必搬进搬出的，只是会伤害到那些可能真的死了的人，死者的裹尸布会被戳坏；另外一些人通过专机空投下来（他们在布尔热上飞机的时候也要互殴一番）。消防队把他们当靶子，用喷火水龙头使那些人偏离方向，飘落到讲坛[①]里面，被水淹死，惨不忍睹。最后，还有一些人试着从下水道里进入，就在他们爬到下水道的边沿歇口气准备出来时，士兵们狠命地踹着那些人的关节，让他们跌入下水道，剩下的事情就交给下水道的老鼠去做了。但是没有任何事情能够让这些狂热分子气馁。然而，必须承认的是，那些淹死的人与那些各显神通不愿意善罢甘休的人是不能混为一谈的。喧闹声响彻云霄，低沉的隆隆声在云层中回响。

---

① 法语 la scène（讲坛）与 la Seine（塞纳河）同音，这是作者的文字游戏。

只有那些笃信者，那些知情者，那些与保特关系亲密的人才拿到了真正的请柬，真的请柬一眼就能辨认出来，因此他们可以通过一条狭窄的小路畅行无阻，小路的两边都是房屋，每隔五十厘米，就有一名伪装成伺服制动器的便衣警察把守。然而，听众人数还是非常多，报告大厅里已经坐得满满当当，每时每刻都还在继续接收新到的人。

西克前一天就到场了。他花了一笔巨款买通了看门人，取得顶替他值班的权利，而为了使这次顶替成为可能，他用一根备用的撬棍，把看门人的左腿给打折了。只要是涉及保特，他绝对不会舍不得杜布勒松。阿丽丝、伊西丝和他一起等着报告人的到来。她们俩就是在那里过夜，满心希望不要错过这么隆重的一件事情。西克穿着看门人穿的深绿色制服，极富魅力。他拿到了科兰给的两万五千杜布勒松之后，对原来的那份工作就满不在乎了。

在大厅里摩肩接踵的听众，看上去千奇百怪。满大厅都是那些戴着眼镜捉摸不透的面孔、倒竖着的头发、发黄的烟蒂和嗳出的果仁糖气味；女人扎着可怜的小辫子盘在头顶，羊皮里上衣则是贴身穿的，黑色衬里处有时会偶然露出半边乳房来。

底楼的大厅里，天花板一半是玻璃，一半镶嵌着重水壁画，这些壁画会引发与会者心中重重疑问：人世间出现那么多令人失望透顶的女性到底有什么意义？人越聚越多，后来的人只能单脚站在最后面，另一只脚则用来踹开靠得太近的四邻。一个专用的包厢里，波弗娃公爵夫人和她的随从端坐在显要位置，包厢把一群几乎面无血色的人的目光吸引了过去，它那高品质的豪华气派对临时坐在帆布折椅上的哲学家们来说，不啻一种羞辱。

报告会开始的时间越来越近，大厅里群情激奋。最里面开始出现喧哗声，一些大学生开始在人们心中播撒怀疑的种子，用夸张的语气，大声朗诵被大肆删节的奥希兹女男爵[1]的《山上誓言》片段。

可是，让－萨尔·保特马上就要到了。象鼻子的声音在大街上响起，西克从他的小房间的窗口探出身子。远处，让－萨尔的身影出现在装甲象轿上，轿子下的象背粗糙皱起，在红色头灯的微光照耀下，显得非同寻常。象轿的每一个角上都站着一名神斧手，手执斧头，各就各位。大象大步流星地在人群中开辟出一条道路，在踩碎的尸体中晃动的四根脚柱发出沉闷的踩踏声无情地逼近。到了门口，大象跪了下来，神斧手跳下轿子。保特动作优雅地一跃，跳到他们中间。他们大刀阔斧杀出一条血路，渐渐走到了讲坛。警察关上大门，西克推着伊西丝和阿丽丝，冲进一条暗道，暗道通到讲坛后面。

讲坛的里端装饰着一块丝绒帷幔，西克事先在上面戳了几个用来观看的洞眼。他们在软垫上坐下来，等待着。离他们仅一米远的地方，保特准备念他的讲稿。一缕神奇的光芒从他那柔韧、禁欲的身体里发射出来，听众被这种摄人心魄的魔力迷住了，他的每一个细微的动作都散发出这种魔力，他们急不可耐地等待着开始的信号。

很多人都晕厥过去，那是由于子宫内的兴奋造成的，被这种兴奋控制住的主要是女性听众，阿丽丝、伊西丝和西克从他们所在的位置清晰地听见二十四个溜到讲坛下面的观众的喘息声，他们在那里摸索着脱掉衣服，好腾出一些空间。

“你还记得吗？”阿丽丝含情脉脉地望着西克问。

“记得，”西克答道，“我们就是在那里认识的……”

他朝阿丽丝俯过身子，温柔地亲了她一下。

“你们也在那下面待过？”伊西丝问道。

“待过，”阿丽丝说，“那里非常舒服。”

---

① 即艾玛·奥希兹（Emma Orczy，1865—1947），匈牙利裔英国作家、剧作家和艺术家。她最大的成就是写下了知名的系列小说《红花侠》。

“我信，”伊西丝说，“西克，这是啥玩意？”

西克把一只大黑箱子打开，黑箱子就放在他坐的地方旁边。

“这是一台自动记录仪，”他说，“我专门为这次报告会购买的。”

“啊！”伊西丝说，“多好的主意啊！……这样一来，我们都没必要听了！……”

“是的，”西克说，“回去后，要是想听，我们可以整夜整夜地听，但我不会那么做，免得把唱片弄坏。我会事先进行转录，也许我会叫‘老板呼声’公司帮我出一个商业版。”

“这仪器一定花了你很多钱吧？”伊西丝问。

“哦！”西克答道，“钱是小事！……”

阿丽丝叹了口气。叹气声那么轻，轻得只有她本人才能听见……她也是勉强才听见了。

“好啦！……”西克说，“它开始工作了。我把我的麦克风和官方电台的那些麦克风放到了一起，都在讲台上，他们不会发现。”

让－萨尔·保特开始做报告。刚开始，只能听见快门的咔嚓声。摄影师和新闻界、电影界的记者玩得很开心，但其中的一个记者被他的机器的坐力反冲掀翻在地，随之出现的是一阵可怕的混乱。他的那些同行怒不可遏，一起朝他扑过去，往他身上浇镁粉。他在一个耀眼的闪光中消失不见了，这下子大家都称心如意了，但警察把这些人统统抓进了监狱。

“妙极了！”西克说，“我将是唯一拥有录音的人。”

此前几乎一直保持着安静的观众开始激动起来，保特每说一个字，他们都报以大量的叫喊声和喝彩声以示对他的敬仰，要理解他的全部报告的确是非常难的事情。

“现在不必把每一句话都听懂，”西克说，“回去后我们可以不慌不忙地听录音。”

“况且在这里什么也听不清楚。”伊西丝说，“讲话声比老鼠的声音大不了多少。想起来了，你们有柯萝爱的消息吗？”

“我收到了她的一封信。”阿丽丝说。

“他们终于到了吗？”

“是的，他们成功出发了，但要压缩在那边逗留的时间，因为柯萝爱身体欠佳。”阿丽丝答道。

“那尼古拉呢？”伊西丝问道。

“他挺好的。柯萝爱跟我说他对他们下榻的旅店的老板的女儿很不客气。”

“尼古拉是个好人，”伊西丝说，“我很纳闷他怎么会做厨师。”

“是啊，”西克说，“是很奇怪。”

“有什么奇怪的？”阿丽丝说，她拧着西克的耳朵补充道，“我觉得那要比做一个专门收藏保特的东西的人强多了。”

“柯萝爱是不是病得很重啊？”伊西丝问。

“她信上没跟我说她得的什么病，”阿丽丝说，“她胸部疼痛。”

“柯萝爱那么漂亮的一个女孩子，”伊西丝说，“我无法想象她生病的样子。”

“啊！”西克小声说，“你们快看！……”

一块天花板刚刚被掀掉，一排脑袋从那里露了出来。一些大胆的崇拜者先前钻进玻璃天棚，采取了这次高难度的行动。后面的人开始往前挤，前面的人只好紧紧地抓住天花板开口的边沿。

“他们做得对，”西克说，“这场报告棒极了！……”

保特站起身来，向听众展示一些被制成标本的呕吐物样品。最漂亮的一个呈生苹果色和酒红色，展品获得全场的惊呼声。然后就什么也听不清了，即使是在伊西丝、阿丽丝和西克所在的幕布后面。

“那么，”伊西丝问，“他们什么时候回来呀？”

“明天或者后天。”阿丽丝说。

“已经那么长时间没见到他们了！……”伊西丝说。

“是啊，”阿丽丝说，“自他们举办婚礼起……”

“那场婚礼，办得很成功。”伊西丝总结道。

“是很成功。”西克附和道，“就是在那天晚上，尼古拉送你回家……”

好在整块天花板坍塌下来，掉在了大厅里，伊西丝被豁免，不必交代那天晚上的细节了。一团浓浓的尘雾腾空而起。在石膏残块中，一些灰白色的人影在攒动，踉踉跄跄地走着，然后轰然倒下，在残渣上面盘旋的浓重的尘埃中窒息。保特停了下来，拍着大腿开怀大笑，发现有那么多的人卷入这场意外之中，他高兴坏了。他咽下一大口尘土，然后像个疯子一样咳嗽起来。

西克焦灼不安地转动着自动记录仪上的按钮。记录仪发出一道绿光，那光贴着地面逃逸，消失在地板缝里。紧接着出现第二道、第三道光，就在这时，一只长满脚的肮脏的动物从马达里钻出来，切断了电源。

“我该怎么办？”他说，“它堵住了。是麦克风里有灰尘。”

报告大厅里的喧闹声已经到达极限。保特此刻正就着长颈大肚瓶喝水，准备离开，因为他刚刚念完最后一页讲稿。西克做出了决定。

“我去告诉他从哪里出去，”他说，“你们先走，我会去找你们的。”

二十九

从走廊里经过的时候，尼古拉停住了。阳光照进来，显然变暗淡了。黄色的陶瓷地砖显得暗淡无光，笼罩着一层轻雾，那些阳光不像金属珠子一样在地上蹦蹦跳跳了，而是在地板上撞成碎片，像细细的、了无生机的水洼一样在地上铺展开来。墙壁上布满灰白色的太阳光点，再也不像从前那样均匀地大放光芒了。

那些家鼠并没有因为这些变化而感到特别不安，唯独那只黑须鼠看上去心烦意乱，让人一看便知。尼古拉估计，它是为旅行突然中止感到惋惜，它在想念一路上新结交的伙伴。

“你不开心吗？”他问道。

小灰鼠做了一个厌烦的手势，指了指那些墙壁。

“是的，”尼古拉说，“不该是这样。以前，要好多了。我不知道发生了什么事……”

小灰鼠好像冥思苦想了片刻，然后摇了摇头，用一副疑惑不解的神态摊了摊双臂。

“我也不明白，”尼古拉说，“我不明白。即使去擦它，也没有丝毫的改观，可能是这里的空气变得具有腐蚀性了。”

他停了下来，若有所思，跟着也摇了摇头，然后继续走他的路。小灰鼠环抱着手臂，开始心不在焉地嚼着什么，不久又倏地吐了出来，因为它尝到了猫用口香糖的味道。卖口香糖的老板拿错了。

在餐厅里，柯萝爱正在和科兰一起用餐。

“怎么样？”尼古拉问，“好些了吗？”

“啊，”科兰说，“你终于决定跟常人一样说话了？”

“我还没有穿皮鞋。”尼古拉解释道。

“我还好啦。”柯萝爱说。

她的眼睛发亮，脸色红润，好像很高兴能重新回到家里。

“她吃掉了半块鸡肉饼。”科兰说。

“我很高兴，”尼古拉说，“这鸡肉饼不是从古费那里学来的。”

“你今天想做什么，柯萝爱？”科兰问。

“是啊，”尼古拉问道，“午饭我们是早点吃还是晚点吃？”

“我更愿意和你们俩，还有伊西丝、西克和阿丽丝一起出门，去溜冰场去逛商场去参加一场家庭舞会，”柯萝爱说，“然后再给我自己买一枚配套的绿戒指。”

“好吧，”尼古拉说，“我马上就去做饭。”

“尼古拉，穿便装做饭吧，”柯萝爱说，“我们看着也没那么累人。再说了，你用不了多长时间就能做好。”

“我去钱箱里拿点钱，”科兰说，“柯萝爱，你呢，你给朋友们打电话。这次出门要开开心心地玩个痛快。”

“我打电话。”柯萝爱说。

她站起身来，奔向电话，拿起听筒，模仿灰林鸮的叫声，说有事找西克。

尼古拉按着一个小操纵杆打扫餐桌，脏污的餐具通过埋在地毯下面的一个粗大气压传送管道运往洗涤槽。他离开餐厅，重新回到走廊上。

小灰鼠直立着，用两只前爪擦着一块暗淡的地砖，被它擦过的地方又变得光亮如新。

“哎呀！”尼古拉说，“你成功了！……真是太了不起了！”

小灰鼠停了下来，气喘吁吁的，把割破了皮、流着血的手指头拿给尼古拉看。

“啊！”尼古拉说，“你受伤了！……过来，不要管它了。反正，这里还有许多阳光。过来，我给你包扎一下。”

他把它放进胸前的口袋里，小灰鼠把可怜的受伤的爪子吊在外面，上气不接下气，半闭着眼睛。

科兰动作麻利地转动着装杜布勒松的保险箱上的旋钮，嘴里哼着歌曲。最近一些日子都在担惊受怕，现在那种折磨已经过去了，他心里很高兴。钱箱是用白色的大理石做的，上面还镶了象牙，旋钮上则镶着紫水晶。水平仪指示保险箱里还有六万杜布勒松。

钱箱的门摇摆了一下，发出润滑的咔哒声，科兰脸上的微笑不见了。水平仪上的指针不知何故被卡住了，摇摆了两三下之后，定格在三万五千杜布勒松的位置。他把手伸进钱箱，想尽快证实所剩金额是否准确。他快速地心算了一番，发现剩下的数目大致对得上。十万杜布勒松，给了西克两万五让他娶阿丽丝，买那辆汽车花了一万五，婚礼花费了五千……其他的钱在无形之中花掉了。这让他稍稍放下心来。

“正常。”他大声说，但他觉得自己的声音变调了。

他拿了预备要花的钱，犹豫了一下，厌烦地挥了一下手后又放了一半回去，然后重新把柜门关上。旋钮快速地转动着，发出一阵清脆的咔哒声。他在刻度盘上敲了一下，看它是否指示正确。

然后，他重新直起身子，站了片刻，为自己在柯萝爱身上投入的巨额开销感到震惊，得给她买的那些东西他从不吝惜，但一想到早晨柯萝爱在床上头发蓬乱的样子，想到她躺在床上盖着床单时的身形，想到他掀开床单时她那琥珀色的肌肤，他又笑了，然后他又强迫自己往钱箱上面想，因为现在想床上的那些事情不是时候。

柯萝爱正在换衣服。

“叫尼古拉做一些三明治，”她说，“告诉他马上就出发……我跟他们约好在伊西丝家会合。”

科兰抓住时机，亲了一下她的肩膀，然后跑去通知尼古拉。尼古拉刚刚帮小灰鼠包扎好，给它做了一副竹拐杖。

“好了，”他最后说，“傍晚之前拄着拐杖走，晚上伤口就愈合了。”

“它怎么了？”科兰摸着它的头问道。

“它想把走廊的地板擦干净，”尼古拉答道，“它擦干净了，但也把自己弄伤了。”

“别为地板的事操心，”科兰说，“它自己会恢复原样的。”

“不知为什么，”尼古拉说，“很奇怪，那些地板好像呼吸不畅。”

“会恢复原样的，”科兰说，“……我想……至少……之前一直没有出现过这种现象吗？”

“没有。”尼古拉说。

科兰在厨房的窗户前站了片刻。

“这也许是自然损耗，”他说，“我们可以找人来把它们换掉……”

“那费用会非常高。”尼古拉说。

“是很高，”科兰说，“最好再等等。”

“你先前想说什么来着？”尼古拉问。

“不用做饭了，”科兰说，“做一些三明治就行了……我们马上出发。”

“好吧，我去换衣服。”尼古拉说。

他把小灰鼠放到地上，小灰鼠拄着拐杖，踉踉跄跄地朝门口走去，长须从身体两侧翘了出来。

三十

科兰和柯萝爱出发去蜜月旅行之后，街道的样子就发生了彻底的变化。如今，树叶长大了，街边的房屋褪去了苍白的色调，让自己带上了一点淡绿色，然后再变成夏日里那种柔和的米色。街上的铺路石在脚底下变得有弹性了，软绵绵的，空气中飘荡着覆盆子的味道。

天气依旧清凉，但在淡蓝色的玻璃窗后面，人们料定会有晴好的天气。一些绿色蓝色的花儿沿着人行道盛开，液流在它们纤细的花茎周围蜿蜒而行，发出轻微的潮湿的声音，恰似蜗牛的吻。

尼古拉走在队伍的最前头。他穿了一套芥末色的加厚毛料运动西装，西装下面是一件带翻领的粗毛线衫，上面织成的花色图案是一条香波堡式的鲑鱼，跟古费的《烹饪大典》第 607 页上的那条鱼一模一样。他那双绉胶底黄皮鞋差点把路边的植物压坏。他小心翼翼地走在两条被人清理出来让汽车通行的犁沟似的小路上。

科兰和柯萝爱紧随其后。柯萝爱挽着科兰，大口大口地呼吸着空气中的香味。她穿着一条白色的小羊毛裙，披着一块用苯、甲苯及二甲苯的混合物处理过的豹皮披肩，皮上的那些斑点经过处理之后被淡化了，扩大成光晕，重新构成相互影响的怪圈。她一头蓬松的秀发自由地飘荡，散发出茉莉和石竹的清香。

科兰半闭着眼睛，被这股清香引领着前行，每吸入一口，他的嘴唇都会轻轻地抖动。房屋的立面有些懒散，不像以前那么古板，街道焕然一新的外貌常常使尼古拉迷失方向，他不得不停下来仔细查看那些珐琅门牌。

“我们先做什么呢？”科兰问道。

“先去商场，”柯萝爱回答，“我已经没有裙子可穿了。”

“你不想像以往那样，去卡洛特姐妹裁缝店定做吗？”科兰问。

“不，”柯萝爱回答，“我想去商场，买一些现成的裙子和别的东西。”

“尼古拉，伊西丝再次见到你一定会非常高兴。”科兰说。

“怎么会？”尼古拉问。

“我不知道……”

他们在西德尼·贝谢街拐了一个弯就到了。看门的女人躺在门前的一张机械摇椅上摇晃着，椅子里面的马达按照波尔卡舞曲的节奏发出噼里啪啦声。机器是老式的。

伊西丝把他们迎进屋里。西克和阿丽丝已经到了，伊西丝穿着一条红色长裙，朝尼古拉笑了笑。她亲了柯萝爱一下，然后，大家彼此互吻了一阵子。

“我的柯萝爱，你气色很好呀，”伊西丝说，“我还以为你生病了呢！这下我放心了。”

“我好多了，”柯萝爱说，“尼古拉和科兰对我照顾得很悉心。”

“您那两个表妹怎么样？”尼古拉问道。

伊西丝的脸一直红到了眼睛。

“她们俩都向我打听您的消息呢！”她说。

“她们的脸蛋长得很迷人，”尼古拉边说边把头微微地扭到一边，“可您更结实。”

“是的……”伊西丝说。

“这趟旅行怎么样？”西克问。

“还算顺利吧，”科兰说，“开始时，路况太糟糕，但后面总算又变好了。”

“除了那些雪，”柯萝爱说，“其他都挺好。”

她用手捂住胸口。

“我们去哪里？”阿丽丝问。

“要是你们愿意，我可以简明扼要地跟你们说说保特的那场报告会的情况。”西克说。

“我们走后，你又买了很多保特的书吗？”科兰问。

“哦！……没……”西克答道。

“那你的工作呢？”科兰问。

“哦！……还好……”西克说，“我找了一个人，当我不得不外出时，他可以接替我。”

“他这么做不要任何回报吗？”科兰问。

“哦！……几乎不要，”西克说，“你们想马上就去溜冰场吗？”

“不，先去商场，”柯萝爱说，“但男士们要是想溜冰的话……”

“这是个办法。”科兰说。

“我陪她们去商场。”尼古拉说，“我也要买点东西。”

“这样安排很好。”伊西丝说，“但我们还是要快点去，完了再留点时间溜冰。”

三十一

科兰和西克已经溜了一个小时，冰面上的人开始多起来。总是同一批女孩子，总是同样的男孩子，总会有人跌倒，总是那些手执刮刀的清障侍童。工作人员刚刚用电唱机放了一首久唱不衰的歌，这歌连放了几个星期，溜冰场的常客都已经记得滚瓜烂熟了。他把唱片换了一面，所有的人都已经预料到他会放什么，因为他的怪癖已经人所共知，但唱片突然停下了，一个深沉的声音在所有的高音喇叭里出现，只有一个喇叭离经叛道，还在放音乐。那声音请科兰先生务必速到检票口，因为有人打电话找他。

“会有什么事呢？”科兰问道。

他急匆匆地朝边上滑去，西克跟在后面。科兰在橡胶毯上站稳脚跟，顺着吧台，走进检票室，麦克风就安在那里。放唱片的那个人正在用狗牙根刷子刷着一张唱片，想弄平磨损的地方。

“喂！”科兰拿起听筒。

他在听对方说话。

西克看见他开始时一脸惊讶，然后脸色突然变成了冰块的颜色。

“严重吗？”西克问道。

科兰示意他别说话。

“我就来。”他对着话筒说，然后挂掉了电话。

检票室的壁板慢慢收拢变窄，他在被压扁之前逃了出来，后面紧跟着西克。他穿着溜冰鞋奔跑，双脚左冲右突。他喊来一名服务生。

“赶紧帮我把更衣室打开。309 号。”

“还有我的，311……”西克说。

那名服务生不紧不慢地跟在他们后面。科兰回过头，发现他落在后面十米远的地方，便等着他走近，然后气势汹汹地奔过去，飞起一脚，对着他的下巴狠狠地踹了一冰鞋，服务生的脑袋飞了出去，嵌进了机房的一个通风烟囱里面，科兰一把夺下看上去心不在焉的尸体拿在手上的钥匙，打开一间更衣室，把尸体塞了进去，朝上面啐了一口，然后冲向 309 号。西克进来把门关上。

“出什么事了？”他上气不接下气地赶到。

科兰已经脱掉溜冰鞋，换上皮鞋。

“是柯萝爱，”科兰说，“她病了。”

“严重吗？”

“我不知道，”科兰回答说，“她晕厥了。”

他拿好东西，转身离去。

“你去哪里？”西克问。

“回家！”科兰喊道，说完消失在咚咚响的水泥楼梯里面。

在溜冰场的另一头，机房里的人都走了出来，他们感到窒息，因为通风管道不通了，他们倒在滑道周围，奄奄一息。

西克呆若木鸡，手上拎着一只冰鞋，怔怔地看着科兰消失的地方。

在 128 号更衣室的门下面，一条泛着泡沫的细细血流蜿蜒前行，红色的液体冒着热气，一滴接一滴重重地滴落在冰面上，流淌开去。

三十二

他没命地往家里跑去，路上的行人在他的眼前慢慢地弯下身子，倒在地上，如同九柱戏用的小木桩。他们横在马路上，着地时发出萎蔫不振的啪啪声，好像人们把一只大纸箱平放在地上。

科兰马不停蹄地跑啊跑，夹紧在房屋之间的地平线的锐角不断地向他冲过来。他的脚下已是茫茫黑夜。一个黑棉絮般的夜晚，无精打采，没有生命体征；天空黯然无色，一个平顶，外加一只锐角。他朝金字塔的尖顶跑去，到夜色没那么黑暗的区域时已是心力交瘁，但他还要过三条街才到他家的那条街。

柯萝爱非常清醒地躺在他们俩睡的那张漂亮的婚床上。她的双眼是睁开的，但呼吸很费劲。阿丽丝和她在一起。伊西丝帮着尼古拉按照古费的方法，做一种疗效确实可靠的补品，小灰鼠用尖利的牙齿把熬药用的草籽磨碎。

但科兰并不知情，他马不停蹄地奔跑着，心中充满了惶恐。为什么都长相厮守了都还不够，都还要提心吊胆？也许是出了车祸，她被一辆汽车轧了，也许她躺在床上，我不能见她，他们不让我进去，你们也许以为我害怕看到我的柯萝爱，我无论如何都要看到她。不行啊，科兰，不要进去。她也许只是受伤了，那就什么事情都没有了，明天我们要一起去森林公园，去看看那张长椅，那时我的手握着她的手，我的头发贴着她的秀发，我的枕头上还留有她的余香。我总是用她的枕头，晚上我们还会争抢，我的枕头，她觉得太高，她把头枕上去之后还是圆滚滚的，待她枕过之后我又把它拿回来，上面有她的发香。我永远也闻不到她温馨的发香了。

人行道突然在他面前耸立起来。他一跃而起，飞跨过去，到了二楼，上楼打开门，一切都是那么安宁、静谧，没有穿丧服的人，没有神职人员，织着灰蓝色图案的地毯安安静静地铺在地上。尼古拉对他说:“问题不大。”柯萝爱朝他莞尔一笑，又见到他了，她很开心。

三十三

柯萝爱的手微温，充满信赖，放在科兰的手里盈握着。她凝望着他，目光明亮，眼神有些讶异，他终于放下心来。平台下面，卧室里，有一些金盏花[1]在大量积聚，拼命生长，互相窒息。柯萝爱感觉到体内、胸腔里有一股隐晦不明的力量，一种对立的存在，不知道如何去抗击。她时不时地咳一下，想把盘踞在她身体最里面的敌人赶走。深呼吸时，她好像觉得那个狂怒发作、恶毒狡诈的敌人在对她进行非人的折磨，可她也只能任其宰割。她的胸脯勉强地起伏着，平滑的床单盖在她修长赤裸的大腿上，使她的动作显得更加缓和。科兰坐在她旁边，微微俯下身子，注视着她。夜幕降临，在床头灯的小光核周围形成同心层，床头灯固定在墙上，被一块圆圆的水晶磨砂板罩住。

“放点音乐吧，我的科兰，”柯萝爱说，“放一些你喜欢的音乐。”

“那会累着你的。”科兰说。

他说起话来有气无力，脸色很差。他的心占据了整个胸腔，他到现在才明白。

“不，我求你了。”柯萝爱说。

科兰站起身，走下橡木梯，在自动电唱机上放好唱片。每个房间

① souci既有“金盏花”也有“忧虑”的意思。

都安装了喇叭。他打开卧室的喇叭。

“你放的是什么？”柯萝爱问。

她的脸上挂着微笑。她很清楚这一点。

“你还记得吗？”科兰问。

“我记得……”

“你不疼了？”

“疼得不是很厉害……”

在江河的入海口，形成一个难以逾越的沙洲，还有泛起泡沫的汹涌的波浪，遇难船只的残骸在那里翻滚。在屋外的黑夜和屋内的灯光之间，往事从黑暗中奔涌而出，与光明撞击着，时而被淹没，时而涌现出来，露出它们的白色腹部和银光闪闪的背脊。柯萝爱稍稍直起身子。

“过来，坐在我身边……”

科兰靠了过去，横坐在床上，柯萝爱的头枕在他左臂弯里。她那件轻薄衬衫上的花边在她金色的皮肤上绘出了一个变幻莫测的网络，在乳房那里温柔地鼓起来。柯萝爱用手钩住科兰的肩膀。

“你不觉得遗憾吗？……”

“遗憾什么？”

“遗憾娶了这么蠢的一个女人。”

他在她那令人信赖的肩窝窝里亲了一下。

“我的柯萝爱，把你的胳膊往回缩一点，你会着凉的。”

“我不冷。”柯萝爱说，“听唱片吧。”

约翰尼·霍奇斯[①]的演奏蕴含着一些纯洁飘逸的东西，一些妙不

---

① 约翰尼·霍奇斯（Johnny Hodges，1906—1970），美国萨克斯演奏家，一直是艾林顿公爵的得力助手，曾发行过以两人名义共同发表的专辑，1945年发表的《被追求时的心情》（*The Mood to Be Wooed*）即是二人合作的作品。

可言、充满情色的东西。这种情色摆脱了肉体，显得特别纯洁。

房间的四角在音乐的作用下发生了变化，变成了圆角。科兰和柯萝爱现在正躺在一个球体的中央。

“你放的是什么曲子？”柯萝爱问。

“是《被追求时的心情》。”科兰说。

“这正是我刚才的感觉，”柯萝爱说，“我们的卧室变成现在这种形状，医生待会儿怎么进来啊？”

三十四

尼古拉走过去开门。门口站着一位医生。

“我是医生。”他自报家门。

“好，”尼古拉说，“麻烦您跟我来。”

他把医生领进屋里。

“就是这里，”当他们到达厨房时，尼古拉解释道，“尝尝这个，尝完后再告诉我您有什么感想。”

在一个玻璃状硅钠钙做的花托里，装着一杯颜色特别的饮剂，这种颜色近似于金锡紫和膀胱绿，跟铬蓝色有细微的偏差。

“这是什么？”医生问。

“一种饮剂……”尼古拉答道。

“我当然知道是饮剂，可是，”医生问，“用来干吗的？”

“滋补。”尼古拉说。

医生把杯子举到鼻子底下，闻了一下之后立刻兴奋起来，他吮了一口，在嘴里咂摸着，然后喝了下去。突然，他两只手捧住肚子，药箱从手里滑了下去。

“产生疗效啦？”尼古拉问。

“噗！……是的，”医生说，“里面加了猛料吧……您是兽医？”

“不是，”尼古拉说，“是厨师。反正，它起效了。”

“还不赖，”医生说，“我感到精神振奋……”

“过来看病人吧，”尼古拉说，“您现在已经被消过毒了。”

医生迈开脚步，但走的是相反的方向，像是有些身不由己。

“喂，”尼古拉说，“您倒是说话呀！……您还能帮病人做检查吗，还能吗？”

“能，”医生说，“我想问问一位同行的意见。我已经叫了芒日芒士[①]过来……”

“好吧，”尼古拉说，“请从这里走。”

他打开仆人专用楼梯的门。

“您下去三层，然后向右拐，进去就到了……”

“好。”医生说。

他开始下楼梯，但突然又停住了：

“可是，我现在在哪里？”

“你在那里呀……”尼古拉说。

“啊！好吧！……”医生说。

尼古拉重新把门关上。科兰走了过来。

“出什么事了？”他问道。

“来了个医生，看上去蠢头蠢脑的，我把他撵走了。”

“可总得要个医生啊。”科兰说。

“那当然，”尼古拉说，“芒日芒士应该快到了。”

“我更喜欢芒日芒士。”科兰说。

门铃再次响起。

“你别动，”科兰说，“我去开门。”

走廊里，小灰鼠顺着他的大腿往上爬，一直爬到了他的右肩上。

---

① 原文 Mangemanche 可意译为“啃铁锹柄”，后文提到这位医生诊所的招牌上画着巨大的颌骨吞噬铁锹的图像。

他匆匆地走过去，给教授开门。

“您好！”教授说。

他穿着一身黑色服装，里面是一件鲜黄色的衬衫。

“从生理学来看，”他宣称，“黑色配黄底，其色彩的对比度最大。我还要说，这样搭配不会产生视觉疲劳，在大街上还能避免被汽车撞到。”

“那当然。”科兰点头称是。

芒日芒士教授应该有四十岁了。他忍受了这四十年光阴，但多一年他都会受不了。他的脸颊剃得光溜溜的，只留下一小撮尖尖的胡子，他还戴着一副呆板的眼镜。

“您能跟我进来吗？”科兰建议道。

“我不知道，”教授说，“我在犹豫……”

最后他还是下定了决心。

“谁生病了？”

“柯萝爱。”科兰答道。

“啊！”教授说，“让我想起了一首曲子的名字……”

“是的，”科兰说，“正是那首曲子的名字。”

“好吧，”芒日芒士终于说，“我们进去吧。您早该告诉我的。她得了什么病？”

“我不知道。”科兰回答说。

“我也不知道，”教授坦白承认，“现在我可以对您实言相告。”

“可您看了就会知道吧？”科兰忐忑不安地问。

“有可能，”芒日芒士教授一脸疑惑地答道，“我还得先做检查……”

“那您就过来吧……”科兰说。

“好吧……”

科兰一直把他带到卧室门口，但突然想起了什么事情。

“您进去时要小心，”他说，“它变圆了。”

“好的，我已经习惯了，”芒日芒士说，“她怀孕了？……”

“哪跟哪呀，”科兰说，“……您真笨……我说卧室是圆的。”

“圆鼓鼓的吗？”教授问，“那您是不是放了艾林顿的唱片啊？”

“是的。”科兰答道。

“我们家也有这张唱片，”芒日芒士说，“您知道《快乐的一巴掌》吗？”

“我更喜欢……”科兰想起柯萝爱一直在等着，便把医生推进了卧室。

“您好。”教授说。

他爬上梯子。

“您好，”柯萝爱回应道，“您身体好吧？”

“我的上帝啊，”他回答道，“我的肝部时不时会痛一下。您知道是怎么回事吗？”

“不知道。”柯萝爱说。

“您当然不知道。”教授回答道，“您的肝部肯定没有毛病。”

他凑近柯萝爱，抓起她的手。

“有点发热，嗯？……”

“我感觉不到。”

“是的，”教授说，“但有点不对劲。”

他在床上坐了下来。

“我要给您听诊，要是您没什么不方便的话。”

“您请便。”柯萝爱说。

教授从医药箱里拿出听诊器，把听头贴在柯萝爱的背上。

“数数。”他说。

柯萝爱开始数数。

“没数对。”医生说，“26 后面，是 27。”

“是数错了，”柯萝爱说，“请您原谅。”

“反正也数够了，”医生说，“您咳嗽吗？”

“咳。”柯萝爱说，说完她就咳了一下。

“她得的是什么病呀，大夫？”科兰问道，“严重吗？”

“呃！……”教授说，“她的右肺长了什么东西。但我不知道是什么……”

“那怎么办呢？”科兰问道。

“她必须到我的诊所里做更全面的检查。”教授说。

“我不是很想让她起床，大夫，”科兰说，“她要是像今天下午这样发作那该怎么办？”

“不会的，”教授说，“不是很严重。我等一下给您开个处方，但一定要遵医嘱。”

“那当然，大夫。”柯萝爱说。

她把手举到嘴边，又开始咳嗽了。

“不要咳了。”芒日芒士说。

“不要咳了，亲爱的。”科兰也说。

“我忍不住啊！”柯萝爱断断续续地说。

“我在她的肺部听到一种奇怪的音乐声。”教授说。

他看上去有些心烦意乱。

“这种情况正常吗，大夫？”科兰问。

“在一定程度上……”教授答道。

他拽了一下小胡子，小胡子弹回原位时，发出一声短促的咔嚓声。

“我们该什么时候去看您，大夫？”科兰问道。

“三天之后吧，”教授说，“我先要把那些仪器修理好。”

“您平时不用那些仪器吗？”柯萝爱也问了一句。

“不用，”教授回答道，“我更喜欢建造一些缩小了的飞机模型，但总是有人来纠缠我，所以我弄了一年还在原地踏步，也抽不出时间把它搞完。反正，挺让人气恼的！……”

“那是肯定的。”科兰说。

“那都是些鲨鱼[1]，”教授说，“我自鸣得意地把自己比作那些不幸的海上遇难者，那些贪婪的怪物一直在等着他们昏昏欲睡，以便掀翻那不堪一击的小船。”

“这是一幅美丽的画面呀。”柯萝爱说完后笑了，笑得很轻，免得又咳起来。

“要当心啊，我的小女孩，”教授一边说，一边把手放在她肩上，“这是一幅极其荒诞的画面，因为，根据1944年10月15日出版的《土木工程学》的观点，与通常的说法截然相反，人类熟悉的三十五种鲨鱼中，只有三四种吃人！它们攻击人的次数比人攻击它们的次数要少得多……”

“您说得真好，大夫。”柯萝爱仰慕地说。

她很喜欢这位医生。

“是《土木工程学》上说的，”医生说，“不是我。不多说了，我要告辞了。”

他在柯萝爱的右边脸颊上亲了一大口，然后拍了一下她的肩膀，从小梯子上下来。在最后一个阶梯上，他的左脚被右脚绊住了，摔了个屁股朝天。

“您这个设备装置也真够别出心裁的。”他用力地揉着背脊，对科兰说。

“很抱歉。”科兰说。

“而且，”教授补充道，“这个球形房间气氛有些压抑。您放《快

① 法语中“鲨鱼”（requin）一词也有贪婪冷酷的人之意。

乐的一巴掌》试试，也许能让房间恢复原样，要不，您自己动手把它刨平。”

“说定了。”科兰说，“您愿意来一小杯开胃酒吗？”

“行啊。”教授说。“再见，我的小女孩。”他在离开卧室之前，朝柯萝爱喊道。

柯萝爱一直在笑。从下面看上去，她坐在那张大床上，床放得很低，就像放在一个华丽的讲坛上，旁边有灯泡照着。光线渗进她的头发，仿佛阳光照在青草上，那些光线经过她的皮肤后再照在其他东西上时，闪烁着金光。

“您娶了一个漂亮的妻子。”在前厅里，教授对科兰说。

“是的。”科兰说。

突然，他哭了起来，因为他知道柯萝爱在遭受病痛的折磨。

“好啦，”教授说，“您让我感到很尴尬……我还得安慰您……您瞧这个……”

他在上装里面的口袋里搜寻着，掏出一个红皮面记事本。

“您瞧，这是我们家那位。”

“您的？”科兰努力恢复平静，问道。

“我媳妇。”教授解释道。

科兰不由自主地打开记事本，然后哈哈大笑起来。

“好了，”教授说，“屡试屡中啊，看过的人个个都笑。可是，说实在话……她真的有那么滑稽吗？”

“我……不……知道……”科兰磕磕巴巴地说。他笑得前仰后合，腰都直不起来了。

教授收回那个记事本。

“你们这些人全都是一个德性，”他说，“你们都以为女人必须长得漂亮……哎，开胃酒上来了吗？”

三十五

科兰推开药店的门，身后跟着西克。门哐当一声，上面的玻璃垮塌下来，落在一组复杂的小玻璃瓶和实验仪器上。

药商听到铃声提醒后，走了出来。他个头很高，又老又瘦，还长着一头过度修饰、马鬃般高高竖起的浓发。

他快步走到柜台边，抓起电话，麻利地拨了一串电话号码，这种麻利是天长日久练出来的。

“喂！”

他的嗓音像是从一只雾角里发出来，地面在他那又平又黑的长脚下有规则地前后倾斜，与此同时，大片大片的水雾倾泻到那个柜台上。

“喂！是热尔思文公司吗？你们能给我的大门换块玻璃吗？！！过一刻钟？……快点，因为可能会有新的客人光顾……好吧……”

他放下听筒，听筒奋力地挂了回去。

“两位先生，我能为你们做点什么吗？”

“请按这张处方抓药……”科兰说。

药剂师抓起药方，把它折了两折，做成一个绷紧的长条，然后塞进办公室的一个小起落窗[1]内。

① 在法语中，“起落窗”与“断头机”是一个词：guillotine。

“行了。”他边说边按着一个红色按钮。

断头机上的铡刀落下，处方松开，瘫倒下来。[1]

“今晚六点钟再过来，到时候你们的药就配制好了。”

“只是，”科兰说，“我们很着急……”

“我们想马上就要。”西克补充道。

“如果你们愿意等的话，”药商说，“我这就去准备。”

科兰和西克在柜台对面一张紫色的天鹅绒长椅上坐了下来，等待着。药商在柜台后面弯下腰，从一个暗门离开，几乎是在静悄悄地爬行。他那又长又瘦的身体在地板上留下的薄涂层变淡了，然后消失在空中。

他们看着墙壁。长了铜绿的长长的铜质搁架上，齐整整地排列着一些短颈大口瓶，里面装着普通的茶剂和疗效甚佳的局部药。一束密集的荧光从每一排大口瓶的最后一只里面放射出来。在一个被腐蚀过的锥形厚玻璃器皿里，一些肿胀的蝌蚪呈向下的螺旋形旋转，到达底部，然后如箭一般射向水面，重新开始它们偏离轴心的旋转，在后面留下微微泛白的稠厚的航迹。药商旁边一只数米长的水族箱里，摆着一只带喷管的青蛙试验台，这里那里散落着一些不能再用的青蛙，它们的心脏还在微弱地跳动。

西克和科兰后面有一幅宽大的壁画，画面上药商正在和他的母亲私通，药商的身上穿着凯撒·博吉亚[2]式的骑手猎装。屋里还有几张桌子，上面摆着许多制造机，其中的一些机器在运转，却是磨洋工。

药丸从一根蓝色的玻璃管里出来，一只蜡手把它们收集在一起，

---

① 法语中“配药”与“执行死刑”用的是同一个动词 exécuter，所以配药的过程被描写得像执行死刑一样。

② 凯撒·博吉亚（César Borja，1475—1507），出生于罗马城，意大利文艺复兴时期的一位统治者，同时也担任过瓦伦西亚的大主教和枢机。他是博吉亚家族中最恶名昭彰同时也是最具魅力的一个。

放进皱纹纸做的圆锥形纸袋里。

科兰站起身来，想仔细看看离他最近的那台机器，他掀起生锈的保护罩，里面有一只半肌肉半金属混合成的动物正在艰难地吞咽着原材料，然后排出形状规则的小药丸。

“西克，你过来看看。”科兰说。

“什么？”西克问道。

“非常奇怪！……”科兰说。

西克看了一眼。那畜生有一个长长的下颌，下颌通过快速的侧面运动不停地移动。从透明的皮肤下面，可以看见细钢管做的肋骨，一条消化道正在懒洋洋地蠕动。

“这是一只改装过的兔子。”西克说。

“何以见得？”

“他们经常这么干。”西克说，“他们保留想要的功能。这个机器，他们保留了消化道的蠕动功能，去掉了消化的化学性能。这比普通的药丸工人做药丸要简便多了。”

“它吃什么呢？”科兰问。

“吃含铬的红萝卜，”西克说，“我毕业时工作的那家工厂就生产这样的机器。然后，给它们喂生产药丸的原料。”

“这是个了不起的发明，”科兰说，“做出的药丸非常漂亮。”

“是啊，”西克说，“圆滚滚的。”

“告诉我……”科兰一边说一边走回去坐下。

“什么？”西克问。

“我出发去旅行之前给你的两万五千杜布勒松，你还剩下多少？”

“哦！……”

“是你下决心娶阿丽丝的时候了。你老这么拖下去，她太伤心了！！！”

“是的……”西克答道。

“你至少还剩下两万杜布勒松吧？反正……这足够你和她办婚事……”

“不过……”

西克没往下说，因为难以启齿。

“不过什么？”科兰追问道，“你又不是唯一为钱烦恼的人……”

“我当然知道……”西克说。

“那又是咋回事呢？”科兰问。

“是这么回事，”西克说，“我只剩下三千两百杜布勒松了。”

科兰觉得十分疲惫。一些尖锐、暗淡的东西在他大脑里旋转，发出隐隐约约的浪潮声。他坐在长椅上，四肢发僵。

“这不可能……”他说。

他筋疲力尽，就好比刚刚有人举着马鞭让他跑了一场剧烈的障碍赛。

“这不可能……”他重复道，“你在跟我开玩笑……”

“没有……”西克说。

西克站在那里，用手指头抠着旁边一张桌子的桌角。药丸在玻璃管里滚动，发出玻璃珠子的声音，包装纸在蜡手中的窸窸窣窣声营造出马格德林文化时期的餐馆里的氛围。

“可是，你把那些钱都花到哪里去了呀？”科兰问。

“我买了保特的书。”西克说。

他在口袋里搜了一下。

“你看这个，我昨天找到的。这难道不是一本奇书吗？”

这是一本用珠光闪闪的摩洛哥皮装帧的《花的呃逆》，里面配了克尔凯郭尔的单页插图。

科兰拿起那本书，看了一眼，但他看不见内页文字。他看见了阿丽丝的眼睛，看见她在他的婚礼上看到柯萝爱的婚纱时露出的惊叹而又哀伤的眼神。西克的眼睛永远也看不了这么高。

“你想让我说你什么好呢……”科兰喃喃道，“钱全都花掉了？”

“上个星期，我买了他的两部手稿，”西克说，声音因为抑制住的激动而颤抖，“我已经灌录了他的七场报告会的唱片……”

“是吗……”

“你为什么要问我这个？”西克问道，“阿丽丝，我娶不娶她，她都无所谓。就这样过着，她照样很开心。我很爱她，这个你是知道的，而且，她也很喜欢保特！”

一台机器像脱缰的野马一样在超速运行，药丸如倾盆大雨一般倾泻下来，落进圆锥形的纸筒时，蓝色的电光在熠熠闪烁。

“出什么事了？”科兰问，“有危险吗？”

“我不觉得，”西克说，“反正，别待在它旁边。”

他们听见，稍远的地方，一扇门关上了，药商突然出现在柜台后面。

“让二位久等了。”

“没关系。”科兰说。

“有关系……”药商说，“我是故意这么做的，为了跟你们摆谱。”

“您的一台机器好像出故障了……”科兰指着那台机器。

“哦？……”

药商弯下腰，从柜台下面拿起一把马枪，把枪抵在肩上瞄准，扣动扳机。机器蹦到空中，然后落下来，砸在地上，抽搐着。

“没什么关系，”药商说，“时不时地，兔子的气势压倒了钢铁，就必须把它灭掉。”

他提起那台机器，按了一下里面的罩子让它尿尿，然后把它挂在一根钉子上。

“这是你们的药。”他从口袋里掏出一只盒子，说，“要小心，药力很猛，不要超剂量服用。”

“哦！”科兰说，“依您之见，这药是治什么病的？”

“无可奉告……”药商答道。

他把一只指甲呈瓦楞形的长手插进蓬乱的头发。

“这药可以治很多病……”他临了说，“但一株普通的植物吃了也挨不了多久。”

“啊！”科兰说，“要多少钱？”

“非常贵，”药商答道，“你们可以把我打晕，然后不付钱就走……”

“噢！”科兰说，“我太累了……”

“那好吧，要两个杜布勒松。”药商说。科兰掏出钱包。

“您知道，”药商说，“这相当于打劫。”

“我无所谓……”科兰死气沉沉地说。

他付了钱，起身离去，西克跟在后面。

“您很蠢，”药商把他们送到门口时说，“我已经很老了，没有抵抗力。”

“我没时间。”科兰喃喃道。

“您说的不是实话，”药商说，“没时间的话，您不会等这么久。”

“现在，我拿到药了。”科兰说，“再见，先生。”

他侧着身子，斜着穿过街道，侧身是为了节省体力。

“你知道，”西克说，“我不会因为没娶阿丽丝就不要她。”

“啊！”科兰说，“我无话可说……反正，这是你自己的事情……”

“这就是人生。”西克说。

“不是。”科兰说。

三十六

风在树叶中挤出一条道路，再从树丛中钻出来时，满载着芽苞和花儿的芳香。人们往更高的地方走去，深深地呼吸着，因为那里聚集了大量的新鲜空气。太阳慢慢地舒展它的光线，小心翼翼地带着它们到一些它们不能直接到达的地方去冒险，使它们弯成滑腻的圆弧形角，但一碰到黑魆魆的东西，便赶紧收回，动作紧张、明确，像金色的章鱼。它那灼热、巨大的骨架慢慢靠近，然后开始不动声色地蒸发陆地上的水分。这时，钟敲了三下。

科兰正在给柯萝爱朗读一个故事。那是一个爱情故事，大团圆结局。此刻，男主人公和女主人公正在鸿雁传情。

“怎么那么长呀？”柯萝爱问道，“通常情况下，进展要快多了……”

“你对这种事情习以为常了吧？”科兰问。

他用力地捏了一下快要照到柯萝爱眼睛的一缕阳光的头部。阳光从容不迫地缩了回去，开始在房间的家具上漫步。

柯萝爱的脸一下子红了。

“没有，我没有那样的习惯……”她羞涩地说，“但是我觉得……”

科兰合上了那本书。

“你说得有道理，我的柯萝爱。”

他站起身来，走到床边。

“到吃药的时间了。”

柯萝爱浑身哆嗦了一下。

“那药难吃得要死，”她说，“非吃不可吗？”

“我觉得是，”科兰说，“今天晚上，你就要去医生的诊所了，我们最终会知道你害的是什么病。眼下，你还得吃药。去他那里检查之后，他可能会给你开别的药……”

“真可怕。”柯萝爱说。

“你要理智一点。”

“每吞一颗药丸，我的胸腔内就好像有两头牲口在打架。再说了，理智是骗人的玩意儿……我不要理智……”

“不要理智当然好了，可有时不能不理智一些。”科兰说。

他把那个盒子打开。

“颜色脏兮兮的，”柯萝爱说，“它们的气味很难闻。”

“它们很奇怪，我承认这一点，”科兰说，“但是必须吃。”

“你看，”柯萝爱说，“它们还在蠕动呢，而且，它们还是半透明的，里面肯定是活的。”

“那是肯定的，但在你喝下去的水中，”科兰说，“它们活不了多长时间。”

“你说的真好笑……也许是一条鱼呢……”

科兰笑了起来。

“那样的话，可以给你补补身子。”

他朝她俯下身子，亲了她一下。

“吞下去，我的柯萝爱，放乖些！”

“我也想乖一些，”柯萝爱说，“吃完后你要亲我！”

“那当然，”科兰说，“你不讨厌亲一个像我这样的丑八怪老公……”

“你确实长得不帅。”柯萝爱打趣道。

“那又不是我的错。”

科兰低下头。

“我睡眠不足。”他又说。

“我的科兰，亲我，我才是个丑八怪。给我两颗药。”

“你疯了。”科兰说，“一颗就够了。吞吧，吞下去……”

柯萝爱闭上了眼睛，她脸色苍白，用手捂住胸口。

“好了，”她费力地说，“要重新发作了……”

一些细小的汗珠从她那光亮的头发边渗出来。

科兰在她身边坐下，搂住她的脖子。她用双手抓住他的手，呻吟着。

“安静，我的柯萝爱，”科兰说，“必须安静。”

“我痛啊……”柯萝爱嗫嚅道。

眼睛一样大的泪珠从她的眼角涌出来，在她那柔嫩圆润的脸颊上划出一道道冷冰冰的泪痕。

三十七

“我都站不起来了……”柯萝爱喃喃道。

她把两只脚放到地上，试图站起来。

“我根本就站不了，”她说，“……浑身绵软无力。”

科兰走到她身边，拉了她一把。她攀住了他的肩膀。

“扶住我，科兰。我要摔倒了。”

“是由于你一直卧床，给累的……”科兰说。

“不是，”柯萝爱说，“是你那个老药商的药丸整的。”

她尝试独自站立，但打了个趔趄。科兰赶紧架住她，他们俩双双倒在了床上。

“我还是老样子，”柯萝爱说，“你贴着我吧。我们已经很久没有一起睡了！”

“不能那么做的。”科兰说。

“可以，要那么做。吻我。我是你老婆，是不是？”

“是的，”科兰说，“可你身体不好。”

“这又不是我的过错。”柯萝爱说着嘴唇哆嗦了一下，就好像要哭似的。

科兰朝她俯下身子，蜻蜓点水般亲了她一下，仿佛在亲一朵花。

“还要，”柯萝爱说，“不只是亲脸……你不再爱我了吗？你不想要女人了吗？”

他更用力地把她抱在怀里，犹抱温香软玉。仿佛一瓶香水，从一只填装着白色垫料的盒子里出来了。

“就这样，”柯萝爱伸展着四肢说，“……还要……”

三十八

“我们要迟到了。”科兰肯定地说。

“没关系的，”柯萝爱说，“你把手表调一下。”

“你真的不想让我们开车去？……”

“不……”柯萝爱说，“我想跟你一起在街上散散步。”

“可是很有一段路程的！”

“没关系。”柯萝爱说，“……你刚才……亲过我之后，我的体力又恢复了。我想走一走。”

“我去告诉尼古拉等一会儿开车去接我们，好吗？”科兰建议道。

“噢！随你吧……”

为了去医生那里看病，她穿了一条浅蓝色的小裙子，袒胸的领口呈尖形，另外披了一块猞猁皮做的短斗篷，还配了一顶窄边软帽。她还穿了一双染过色的蛇皮鞋，使全身搭配得很完整。

“走吧，我的小猫。”科兰说。

“这不是猫皮，”柯萝爱说，“是猞猁皮。”

“‘猞猁’两个字很难念。”科兰说。

他们从卧室里走出来，走进门厅。柯萝爱站在窗户边，停住了。

“这里发生什么事了？不像平时那么亮堂了。”

“肯定不会，”科兰说，“阳光很充足呀！”

“不，”柯萝爱说，“我记得很清楚，以前阳光可以一直照到地毯上的这个图案，现在，却只能照到这里……”

“要看时间。”科兰说。

“不是的，不是时间的问题，因为以前也是这个时候。”

“我们明天同一时间再看。”科兰说。

“你等着看好了，它以前一直照到第七条线的。现在，才到第五条。”

“走吧，”科兰说，“我们要迟到了。”

柯萝爱走上铺着瓷砖的过道，从那块大镜子前面经过时，朝自己笑了一下。她得的这个病不会太严重的，以后，他们要经常一起去散步。他要爱惜剩下的杜布勒松，那笔钱足够他们过上舒心的生活。也许他还得工作……

钢制的锁舌咔嗒一声，门重新关上了。柯萝爱挽着他的胳膊。她迈着轻柔的步伐。她走两步时他才走一步。

“我很开心，”柯萝爱说，“有阳光，树木散发出清香。”

“当然啦！”科兰说，“春天来了。”

“是吗？”柯萝爱说完，狡黠地瞥了他一眼。

他们拐向右边。在进入医疗区之前，还要走过两栋巨大的建筑。一百米远的地方，他们开始闻到麻醉药的气味，在刮风的日子，它们吹得还要远。人行道的结构在发生变化，现在变成了一条宽阔平静的水渠，上面铺着密密麻麻的钢筋水泥横档。横档下面，流淌着混杂了乙醚的酒精，冲走粘着体液和脓血，有时甚至是鲜血的肮脏棉球。一些半凝结的长长的血丝把这里那里的挥发性水流染红，一些半腐烂的碎肉片慢慢流过，打着旋儿，就像过度融化的冰山。除了乙醚，闻不到别的气味。一些绷带和敷料也顺流而下，四散开来。每一栋房子的右边，都有一根排水管注入这条沟渠，观察一下管道的开口，就可以判断医生的专长。一只眼睛在骨碌骨碌地转着，看了他们俩一眼，然后消失在一大片软绵绵的淡红色的棉花下面，就像一只生病的水母。

“我不喜欢这里，”柯萝爱说，“这里的空气嘛，非常卫生，但环境有碍观瞻。”

“的确。”科兰说。

“走到街道中间吧。”

“好吧，”科兰说，“但我们会被汽车撞到。”

“我没坐汽车出来是个错误，”柯萝爱说，“我的两条腿又没劲了。”

“你运气好，他住的地方离外科区有一段距离……”

“你别说了！”柯萝爱说，“马上就要到了吗？”

她突然又咳嗽起来，科兰的脸色煞白。

“别咳了，柯萝爱！……”他哀求道。

“不咳。”她使劲地忍着说。

“别咳了……我们到了……就在那儿。”

芒日芒士教授的招牌画的是一只巨大的颌骨正在吞噬一名挖土工人的铁锹，只有铁块还露在外面。柯萝爱看了忍不住发笑。笑得很轻，很低声，因为她担心自己咳嗽发作。墙上，有一些彩色摄影，拍的是教授的一些神奇的治疗方法，被一些灯光照亮，但此刻灯没亮。

“你瞧，”科兰说，“这医生还是很能耐的，其他房子没有这样完整的装潢。”

“这只能证明他很有钱。”柯萝爱说。

“也可以说这是个有品位的人。”科兰说，“这颇具艺术情调。”

“是的，”柯萝爱说，“让人想到一家样板肉店。”

他们走了进去，来到一个很宽敞的门厅里，门厅圆圆的，涂了白色珐琅。一名女护士迎上前来。

“你们有预约吗？”她问道。

“有的，”科兰说，“我们可能来晚了点……”

“这没关系，”护士语气肯定地说，“教授今天的手术已经做完了。你们跟我来好吗？”

他们顺从地跟在后面，脚步声在珐琅地板上回响，沉闷而又高亢。一连几扇门在弧形的墙壁上打开，护士把他们领到了一扇门前，这门上挂着用屋外那个巨型招牌按比例缩放、用黄金冲压的复制品。她打开门，然后从他们面前闪开，好让他们进去。他们推开了第二扇门，这门是透明的实心门，来到教授的办公室。教授站在窗户前，正用一把在卡他夫没药香精里泡过的牙刷给他的山羊胡子涂香水。

听到声音后，他转过身来，伸出一只手，朝柯萝爱走去。

“嗨，您今天感觉怎么样？”

“那些药真的很恐怖。”柯萝爱回答道。

教授的脸拉了下来，看上去就像那种有八分之一黑人血统的混血儿。

“麻烦哪……”他喃喃道，“在我意料之中。”

他在原地站了一分钟，好像在沉思，而后他发现自己手上一直拿着那把牙刷。

“拿着它。”他一边把牙刷塞进科兰的手里，一边说。“请坐，我的小可怜。”他对柯萝爱说。

他绕过办公桌，自己也坐了下来。

“您知道吗，”他对她说，“您的肺部有什么东西。更确切地说，是在肺叶上，我原来以为是……”

他突然打住话头，猛地站起身来。

“说得再多也没啥用，”他说，“您跟我过来吧。牙刷您爱搁哪儿就搁哪儿！”他对科兰补充说，科兰真不知道该把牙刷放哪里。

科兰想跟着柯萝爱和教授，但是他得扒开一个刚刚在他们之间出现的无形的硬帘子。他的心感到异样的恐惧，不规则地跳动着。他尽力使自己平静下来，他握紧拳头，用尽全身的力气，成功地往前迈了几步。一碰到柯萝爱的手，那块帘子就消失了。

她把手递给教授，教授把她领到一个天花板镀铬的白色的小厅里，一台光滑低矮的仪器占了整整一边。

“我希望您能坐下，”教授说，“要不了多长时间。”

在机器对面，有一个装在水晶框里的红色银屏，只有一个黑色的搪瓷调节按钮，在底座上闪烁。

“您也待在这里？”教授问科兰。

“我更愿意待在这里。”科兰说。

教授转了一下调节钮。房间里的灯光像清湛的激流一样从门底下，从机器下面的一个通风洞里逃走了，银屏渐渐地亮了起来。

三十九

芒日芒士教授拍着科兰的背。

“不用担心，我的老弟，”他说，“会好的。”

科兰看着地面，像被压垮了一样，一脸的颓丧。柯萝爱挽住他的胳膊，她费了好大的劲，强露欢颜。

“真的，”她说，“过不了多久就会好的……”

“那当然。”科兰喃喃道。

“总之，”教授补充道，“要是她接受我的治疗方法，她的病情可能会好转的。”

“可能。”科兰说。

他们是在那个白色的圆形前厅里，科兰的声音在天花板上回响，仿佛来自遥远的地方。

“不管怎么样，”教授最后说，“我会给你们寄账单的。”

“那当然，”科兰说，“谢谢您的治疗，大夫……”

“要是病情没有好转，”教授说，“你们再来看我。还有一个治疗方法是开刀，这个方法我们还没考虑在内……”

“那是。”柯萝爱抓住科兰的胳膊，这一次，她啜泣起来。

教授把他的胡子大把地抓在手里。

“真麻烦。”他说。

一阵沉寂。一名女护士在那扇透明门边出现，在门上敲了两下。两个指示着“请进”的绿色信号灯在她前面的那扇厚门上亮了起来。

“有一位先生要我告诉先生和太太，尼古拉来了。”

“谢谢，卡洛涅，”教授回答道，“您可以走了。”

护士走开了。

“好啦！”科兰嗫嚅道，“我们要和您说再见了，大夫……”

“那当然……”教授说，“再见……好好保重……尽量早出发……”

四十

“情况不好吗？”尼古拉在汽车启动前，头也不回地问道。

柯萝爱一直坐在汽车的白色裘皮上面哭泣。科兰看上去像个死人似的。人行道的气味在往上涌，越涌越多。乙醚的味道在整个街道弥漫。

“走吧。”科兰说。

“她怎么回事？”尼古拉问。

“啊！简直糟糕透顶！”科兰说。

他马上意识到自己刚才脱口说出来的话不妥，于是看了柯萝爱一眼。此时此刻，他那么爱她，他恨不得为自己的失言而一头撞死。

柯萝爱蜷缩在汽车的一角，咬着拳头，一头光亮的头发罩在了脸上，毛皮无边软帽被她踩在了脚底下。她哭成了泪人儿，就像一个小宝宝，但没有哭出声来。

“请原谅我，我的柯萝爱，”科兰说，“我说话太没心没肺。”

他靠到她身边，把她抱住。他亲着她那双可怜的惶恐的眼睛，感觉到她的心脏在胸腔里发出沉闷缓慢的跳动声。

“我会把你治好的，”他说，“我刚才想说的是，没有什么比看到你生病更糟糕透顶的了，不管得的是什么病……”

“我害怕……”柯萝爱说，“他肯定要给我开刀。”

“不会的，”科兰说，“你还没开刀病就好了。”

“她到底怎么了？”尼古拉又问，“我能帮忙做点什么吗？”

他也一样，看上去非常伤心。向来泰然自若的他，现在也变得有气无力了。

“我的柯萝爱，”科兰说，“你要镇定。”

“可以肯定，”尼古拉说，“她很快就会治好的。”

“这朵睡莲，”科兰说，“她可能是在哪里染上的呢？”

“她长了一朵睡莲？”尼古拉疑惑地问。

“在右边的肺部，”科兰说，“教授一开始还以为是什么动物性的东西。但不是那种，是睡莲。在银屏上可以看到，已经长得比较大了，但我们最后肯定能把它弄掉。”

“那当然。”尼古拉说。

“你们都不知道我是什么感受，”柯萝爱抽抽搭搭地说，“它动的时候，我痛得真的受不了啊！！！”

“不哭，”尼古拉说，“哭没有任何好处，反而会伤身。”

汽车开动了。尼古拉慢慢地开着车穿过错综复杂的楼房。太阳缓缓地消失在树梢后面，凉风习习。

“医生希望她到山里去，”科兰说，“他说寒冷可以除掉那个秽物……”

“她就是在路上染上这病的。”尼古拉说，“路上到处都是这种恶心的东西。”

“他还说每时每刻都要在她周围摆上鲜花。”科兰补充道，“为了把她肺上的那一朵吓跑……”

“为什么？”尼古拉问道。

“因为要是这一朵开花了，”科兰说，“其他花就会连着开。但我们不会让它开花的……”

“治疗方法就这些吗？”尼古拉问。

“不。”科兰答道。

“还有哪些别的治疗方法？”

科兰犹豫着要不要回答。他感觉到紧贴着他的柯萝爱正在抽泣，他痛恨自己即将让她遭受到的折磨。

“她不能喝水……”他说。

“什么？……”尼古拉问道，“一点水都不能喝吗？……”

“也不是。”科兰答道。

“还好，不是一点都不能喝！……”

“每天两勺……”科兰嗫嚅道。

“才两勺！……”尼古拉说。

他什么也不再说了，两眼直直地盯着前面的马路。

四十一

阿丽丝按了两下门铃之后，等了片刻。她感觉那扇大门比往常要窄多了，地毯好像也暗淡了，变薄了。尼古拉出来替她开门：

“早上好！……你来看他们俩吗？”

“是的，”阿丽丝说，“他们在吗？”

“在，”尼古拉说，“进来吧，柯萝爱在屋里。”

他重新把门关上。阿丽丝仔细地观察着地毯。

“这里没有以前那么敞亮了，”她说，“怎么回事呀？”

“我不知道。”尼古拉答道。

“真奇怪，”阿丽丝说，“这里以前不是有一幅画吗？”

“我已经记不得了。”尼古拉说。

他把一只手犹犹豫豫地伸进头发里：

“确实，我感觉到这里的气氛跟从前大不一样了。”

“是啊，”阿丽丝说，“你说得对。”

她穿了一套剪裁得很合身的西裙套装，手里拿着一大捧水仙花。

“你呢，”尼古拉问，“看你神采奕奕的。还好吗？”

“还行，”阿丽丝说，“西克送了我一套西裙套装，你看看……”

“你穿着很合身。”尼古拉说。

“我运气好，”阿丽丝说，“波弗娃公爵夫人的身材正好和我一样。

衣服是旧货。西克想要衣服口袋里的一张纸，于是就把整套衣服买了下来。”

她看了尼古拉一眼，接着说：

“你气色不是很好。”

“哦！”尼古拉答道，“……我不知道。我觉得我已经老了。”

“把你的护照拿出来看看。”阿丽丝说。

他在屁股口袋里找了一下。

“给你。”

阿丽丝翻开护照，脸色刷白。

“你那时多大年纪呀？”她低声问。

“二十九岁……”尼古拉说。

“你自己看……”

他推算了一下，已经三十五年过去了。

“我不明白……”他说。

“可能是弄错了，”阿丽丝说，“你看起来不到二十九岁。”

“我原本看起来只有二十一岁。”尼古拉说。

“这事要处理好。”阿丽丝说。

“我喜欢你的头发，”尼古拉说，“进来吧，进来看柯萝爱。”

“这里发生了什么事呀？”阿丽丝若有所思。

“啊！”尼古拉说，“是因为这场病。它把我们所有的人都惊动了。等这事解决了，我又会恢复青春。”

柯萝爱躺在床上，穿着淡紫色的真丝睡衣裤，一件长长的凸纹缎子睡袍，淡褐黄色的。她的四周摆了许多鲜花，主要是兰花和玫瑰花。还有一些绣球花、康乃馨、茶花、长枝的桃花和巴旦杏花，还有几抱茉莉花。她的胸部暴露在外，一个很大的蓝色花冠与她那琥珀色的左侧乳房形成鲜明对照。她的左边颧颊红扑扑的，眼睛亮晶晶，但很干涩，头发像真丝一样轻盈、起电。

“你会着凉的！”阿丽丝说，“盖好被子！”

“不，”柯萝爱喃喃道，“必须这么做的。这是在治疗。”

“多漂亮的花啊！”阿丽丝说，“科兰要倾家荡产了。”她兴奋地补充了一句，想逗柯萝爱笑一笑。

“是啊。”柯萝爱凄然一笑。

“他正在找工作，”她低声说，“所以他没在家。”

“你为什么这样说话？”阿丽丝问。

“我渴啊……”柯萝爱有气无力地说。

“你每天真的只喝两勺水吗？”阿丽丝问。

“真的……”柯萝爱叹了口气。

阿丽丝朝她俯下身子，亲了她一下。

“你的病很快就会好的。”

“是的，”柯萝爱说，“我明天就去山里，尼古拉开车送我去。”

“那科兰呢？”阿丽丝问。

“他留下来，”柯萝爱说，“他必须工作了。我可怜的科兰！……他的杜布勒松已经用完了……”

“怎么会？”阿丽丝问。

“那些花……”柯萝爱答道。

“它长大了吗？”阿丽丝小声问。

“睡莲吗？”柯萝爱低声说，“没有，我觉得它就要消失了。”

“那么，你高兴吗？”

“高兴，”柯萝爱说，“但我好渴啊。”

“为什么不开灯啊？”阿丽丝问，“这里太暗了。”

“像这样暗已经有一段时间了，”柯萝爱说，“没有任何办法。你试试。”

阿丽丝弄了一下那只转换开关，一层淡淡的光晕笼罩在灯的周围。

“这些灯也奄奄一息了。”柯萝爱说，“墙壁也变窄了。这里的窗户也一样。”

“是真的吗？”阿丽丝问。

“你自己看吧……”

那扇占了一整面墙的玻璃观景窗只剩下两个顶端被磨圆的矩形方框。窗户中央长了一个肉柄样的东西，把两边连接在一起，挡住了太阳光进入的通道。天花板也明显地降低了，安放科兰和柯萝爱的那张大床的平台和地面的距离也非常窄。

“怎么会这样呢？”阿丽丝问。

“我也不清楚……”柯萝爱说，“你瞧，总算有点亮光了。”

黑须鼠刚刚进来，嘴上叼着厨房的瓷砖上掉下的一小块碎片，瓷片发出强烈的光。

“房间太黑了，”柯萝爱解释道，“它就给我送点光过来。”

她摸了一下小灰鼠，小家伙把搜集到的东西放到了床头柜上。

“你真好，还跑来看我。”柯萝爱说。

“噢！”阿丽丝说，“你知道，我很喜欢你。”

“我知道，”柯萝爱说，“西克怎么样？”

“哦！还好吧，”阿丽丝说，“他给我买了一套西裙套装。”

“很好看，”柯萝爱说，“很合适你穿。”

她停下不说了。

“你痛吗？”阿丽丝问，“我的小可怜。”

她朝柯萝爱俯下身子，摸了一下她的脸颊。

“痛，”柯萝爱呻吟道，“我好渴啊……”

“我懂了，”阿丽丝说，“要是我亲你，你就没那么渴了。”

“是的。”柯萝爱说。

阿丽丝朝她俯过身子。

“啊！”柯萝爱叹了口气，“你的嘴唇凉丝丝的……”

阿丽丝笑了，双眼湿润了。

“你要去哪里？”她问。

“不太远，”柯萝爱说，“去山里。”

她朝左边侧了一下身子。

“你喜欢西克吗？”

“喜欢，”阿丽丝说，“可他更爱他的书。”

“我不知道，”柯萝爱说，“也许是真的。要是我没嫁给科兰，我真希望是你和他在一起生活。”

阿丽丝又亲了她一下。

四十二

西克从商店里走了出来，里面没有任何让他觉得有意思的东西。他一边走，一边看着他那双穿着红棕色皮鞋的脚，惊讶地发现一只脚拼命地拖着他往一边走，另一只脚则往相反的方向。他略加思考，在心里计算着角的平分线，然后沿着这条线冲刺，却差点被一辆肥胖的出租车压扁，全靠优雅的一跳才让他捡回一条命。但那一跳却把他投掷到一个行人的脚上，那个行人把他骂了个狗血喷头，自己进医院看医生去了。

西克继续往前赶路，在他的正前方有一家书店，书店在吉米－鲁尼街，书店的招牌仿照了露露·怀特的马赫加尼会所①的招牌。他推了一下门，但那扇门猛地反弹回来，他没再坚持，转身从橱窗那里进去了。

书店店主正坐在儒勒·罗曼②的作品全集上，抽着和平烟斗③，儒勒·罗曼构思这套全集就是给人坐的吧！他的和平烟斗非常漂亮，是用灌木叶腐蚀土做的，他在烟斗里填满橄榄叶。他的旁边还有一个

---

① 露露·怀特（Lulu White）是二十世纪初新奥尔良一名高级妓女，因在红灯区的高级妓院马赫加尼会所住过而闻名。

② 儒勒·罗曼（Jules Romains, 1885—1972），法国多产作家，法兰西学院院士，主要文学成就为27卷本长河小说《善意的人们》。

③ 北美印第安人抽的长杆烟斗，表示友好的长杆烟斗是和平的象征。

脸盆，用来吐鲔鱼，还有一条湿毛巾用来敷额头，让头脑保持清醒，一瓶薄荷酒精用来使烟斗里的烟味更加醇厚。

他朝西克翻起空灵的、恶臭难闻的目光。

“您想干什么？”他问道。

“看您的书……”西克答道。

“看吧。”那人说着，朝脸盆俯下身子，但有惊无险，没吐出来。

西克朝书店的最里头走去，那里的氛围有利于找书。一些虫子被他的两只脚踩得咔嚓咔嚓响。那里散发出旧皮革的味道和橄榄叶的烟味，难闻极了。

图书按字母表顺序排放，但书商不是很了解所有的字母，西克在字母 B 和 T 之间发现了保特专栏。他拿出放大镜，开始查看精装书的封面，很快就在一本《字母与霓虹》①——这是一部颇负盛名的关于灯光招牌的研究论著——上面发现一个非常值得关注的指纹。他激动地从口袋里掏出一个小盒子，里面除了一支软毛笔之外，还有一些打印粉和一本由名誉牧师武耶撰写的《名探备忘》。他小心翼翼地将它跟从钱夹里抽出来的一张纸条进行比对，比着比着他突然停住了，呼吸变得十分急促。这是保特左手食指留下的指纹，在此之前还没有人在他的老烟斗之外的地方发现过他的指纹。

他把那个珍贵的发现物紧紧地抱在怀里，朝书商走去。

“这本书多少钱？”

书商朝那本书瞥了一眼，傻笑了一声：

“啊！您可把它找到了！……”

“有什么大惊小怪的？”西克假装吃惊地问道。

书商一边哈哈大笑，一边松开烟斗，烟斗掉进了脸盆，烟头熄

① 书名 *La Lettre et le Néon* 影射萨特的作品《存在与虚无》（*L'Être et le Néant*）。

灭了。

他说了一句粗话，搓着双手，显得兴奋不已，因为他再也不用抽这种污秽不堪的劣质品了。

“我在问您呢……”西克追问道。

他的心管不住了，狂乱、剧烈地撞击着他的肋骨，很狂野，很不规则。

“啊哈……”书商说，他已经笑得快岔气了，在地上打着滚儿，“您真会开玩笑！……”

“好吧，”西克狼狈不堪地说，“请您解释……”

“我想起来了，”书商说，“为了得到这个指纹，我不得不一次又一次地把我的和平烟斗递给他，但在紧要关头，我变魔术般递上的是一本书……”

“算了，”西克说，“既然您都知道了，出个价吧？”

“这个不贵，”书商说，“我还有更好的东西。您等着。”

他站起来，消失在一块隔板后面，隔板把书店一分为二。他搜寻着什么东西，旋即又折了回来。

“是这个。”他边说边把一条裤子摔在柜台上。

“这是什么？”西克不安地小声问道。

他感到周身一阵妙不可言的兴奋。

“是保特的一条裤子！……”书商自豪地大声说。

“您怎么弄到手的？”西克心醉神迷地问。

“利用一次报告会的机会……”书商解释道，“他甚至都没察觉到。上面有烟斗烧灼的痕迹，您知道……”

“我买。”西克说。

“你说什么？”书商问道，“可我还有其他东西……”

西克用手捂住胸口，但没能抑制自己的心跳，只好任它狂跳。

“就是它……”书商又说。

那是一个烟斗，西克在烟杆上轻而易举就认出了保特的牙印。

“多少钱？”西克问。

“您知道，”书商说，“此刻，他正在编撰一套二十卷插图本《恶心百科全书》，我会拿到他的手稿……”

“可我永远也无法……”西克目瞪口呆。

“那跟我有什么关系？”书商问道。

“这三样东西加在一起要多少钱？”西克问道。

“一千杜布勒松，”书商答道，“不讲价。昨天有人出两千被我拒绝了，给您这个价，因为您看上去是个很细心的人。”

西克掏出钱夹，脸色惨白得吓人。

四十三

“你看，”科兰说，“我们都不铺桌布了。”

“没关系，”西克说，“可我不明白为什么木桌面油污成这个样子……”

“我不知道，”科兰心不在焉地说，“我觉得那已经擦不掉了，油污不断地从里面往外渗。”

“这地毯原来不是羊毛的吗？”西克问，“现在这个好像是棉的……”

“是同一块地毯，”科兰说，“不，我不觉得它有什么不一样。”

“很奇怪，”西克说，“我感觉周围的世界变狭窄了。”

尼古拉把一锅油腻腻的汤端了上来，汤里浮着一些小块油炸面包。他用大汤碗帮他们盛好。

“尼古拉，这是什么呀？”西克问。

“加了玉米穗粉和库伯①汤料的汤，”尼古拉答道，“味道很不错。”

“啊！”西克说，“您是在古费的书里发现的吗？”

“亏您想得出！”尼古拉说，“这是按照德·波米亚那②的菜谱

① 瑞士美极（Maggi，隶属雀巢集团）旗下的一个品牌，产品主要是调味料，如酱油、鸡粉、辣椒酱、汤包等。

② 即爱德华·德·波米亚那（Edouard de Pomiane，1875—1964），法国科学家、医生、研究员，致力于美食和食品卫生的研究，出版过大量专著和食谱，如《十分钟烹饪》《吃好活好》等。

做的。古费对冒充高雅的人很合适，再说，他的菜谱需要太多材料！……”

“可该有的材料您不是都有吗？”西克问。

“哪里有啊？”尼古拉说，“只有煤气和烂冰箱，到处都一样。您在对什么想入非非呢？”

“啊！……没什么！！！”西克感叹道。

他在椅子上挪了一下，不知道如何把谈话继续下去。

“想来点酒吗？”科兰问，“我的酒窖里只有这种酒了。也不是很难喝。”

西克把杯子伸过去。

“阿丽丝来看过柯萝爱，是在三天之前，”科兰说，“我没有见到她。昨天尼古拉把柯萝爱送到山里去了。”

“我知道，”西克说，“阿丽丝跟我说过。”

“我收到芒日芒士教授的一封信，”科兰说，“他要我支付一大笔钱。我相信他是个能妙手回春的人。”

科兰头痛，很希望西克说一些，讲一些故事，随便什么故事。西克透过窗户，茫然地盯着空中的什么东西，然后他蓦地站起身来，从口袋里掏出一把米尺，走过去测量玻璃窗的长宽。

“我觉得它变了。”

“怎么会？”科兰心不在焉地问。

“变窄了，”西克说，“房间也一样……”

“什么意思？”科兰问，“这不合常理……”

西克没有回答。他拿出记事本和铅笔，记下了那组数据。

“你找到工作了吗？”他问。

“没有……”科兰答道，“我马上要去面试，明天还有一个。”

“你找的是什么样的工作？”西克问。

“啊！什么工作都行，”科兰答道，“只要他们有钱给我。那些花太贵了。”

“是啊。”西克说。

“你的工作怎么样？”科兰问。

“我之前找了个人顶替我，”西克说，“因为我要做的事情太多了……”

“他们同意你这么做吗？”科兰问。

“事情很顺利，那个人非常熟悉这份工作。”

“后来呢？”科兰问。

“当我想回去的时候，”西克解释道，“他们跟我说那个人非常适合那份工作，可如果我需要一份新工作，他们可以给我解决。只是，薪水没有那么高……”

“你叔叔再也不会接济你了。”科兰说。

他甚至都没用问句的语气。这事在他看来是显而易见的。

“我再也不能跟他要钱了，”西克说，“他死了。”

“你没跟我提起过……”

“这事又没什么好说的。”西克嗫嚅道。

尼古拉回来时端了一只长柄平底锅，里面有三条挣扎着试图脱身的黑香肠。

“将就着吃吧，”他说，“我费了老大的劲都没能把它们煎好。它们一直在拼死抵抗。我放了一些硝酸，所以颜色是黑的，但硝酸也治不了它们。”

科兰成功地用叉子戳到一根香肠，它在最后一阵痉挛中扭曲着身子。

“我弄到一条了，”他说，“该你了，西克！”

“我来试一下，”西克说，“它可真够硬的。”

他溅了一大摊油到桌子上。

“见鬼！”他骂道。

“没关系，”尼古拉说，“这油对木头有润滑作用。”

西克终于戳到一根香肠，尼古拉拿走了第三根。

“我不清楚发生了什么事，”西克说，“以前，是不是也这样？”

“不是，”科兰承认道，“到处都在变，我也没办法。就像染上了麻风病。是从我的杜布勒松用完的时候开始的……”

“你一点都不剩吗？”西克问。

“所剩无几了……”科兰答道，“我预付了去山里疗养和鲜花的费用，因为，为了治好柯萝爱的病，该花的钱我一分也不会省。其他的，只能听之任之了。”

西克吃完了他那根香肠。

“过来看看厨房的走廊。”科兰说。

“你走前面，我跟着你。”西克说。

透过每一边的玻璃窗，可以看到布满大块黑斑、苍白暗淡的太阳，只有太阳的中心更亮一些。一些清瘦的光束费了老大的劲终于透进走廊，但一碰到从前如此光亮的瓷砖，这些光束就化成了流体，变成一道道长长的湿痕在地上流淌。酒窖里的一股气味从墙壁上弥散下来。黑须鼠在角落里给自己盖了一个加高的窝棚，它再也不能像从前那样，在地面上跟金色的阳光一起嬉戏了，而是蜷缩在一堆碎布片中瑟瑟发抖，长须也被湿气粘在了一起。有一阵子，它成功地擦净了一些瓷砖，让它们光洁如新，但是瓷砖上的污秽面积那么大，它的爪子又那么小；从此，它就待在它的角落里，瑟瑟发抖，颓然无力。

“这些暖气管，它们不热了吗？”西克一边竖起外套衣领一边问道。

“热，”科兰说，“它整天都在制热，但一点都不管用。一切都是从这里开始的……”

“很麻烦，”西克说，“要把建造师叫过来……”

“他来过了，”科兰说，“可回去之后，他就生病了。”

“啊！”西克说，“这会妥善解决的，很有可能。”

“我不这么认为。”科兰说，“走吧，我们和尼古拉一起把午餐吃完。”

他们走进厨房。那里也同样，屋子变窄了。尼古拉坐在一张漆成白色的餐桌前，心不在焉地边翻书边吃东西。

“听着，尼古拉……”科兰说。

“听着呢，”尼古拉说，“我刚才正要给你们送甜点。”

“我说的不是那个，”科兰说，“我们就在这里吃好了。我要说的是别的事情。尼古拉，你不希望我把你解雇吧？”

“我不想。”尼古拉说。

“必须这么做了，”科兰说，“你在这里衰老了，已经老了十岁了，才一周的时间。”

“是七岁。”尼古拉纠正道。

“我不想看见你这样。这里发生的一切都不关你的事。都怪这里的气氛。”

“那你呢，”尼古拉说，“这对你就毫无影响吗？”

“这不是一码子事，”科兰说，“我嘛，我必须把柯萝爱的病治好，其他的一切我都无所谓，所以对我没有影响。你的俱乐部还好吗？”

“我已经不去那里了……”尼古拉说。

“我不想再这么下去了，”科兰重申，“蓬多扎那家正在找厨师，我替你签了合约。我想要你告诉我，你同意还是不同意。”

“不同意。”尼古拉说。

“可是，”科兰说，“不同意也得去。”

“你真是讨厌，”尼古拉说，“我感觉自己就像一只老鼠，只顾自己开溜。”

“不是的，”科兰说，“必须这么做。你很清楚，我心里是多么不好受……”

“我当然知道。”尼古拉说着合上书，把头埋进双臂里。

“你没有理由生气。”科兰说。

“我没有生气。”尼古拉嘟囔道。

他重新抬起头来，泣不成声。

“我是个傻蛋。”

“你是个心地善良的大好人，尼古拉。”科兰说。

“不是，”尼古拉说，“我好想躲进一只木瓜里。因为气味，也因为待在里面我会很清净……”

四十四

科兰登上那座隐隐约约被彩绘玻璃窗照亮的楼梯，来到二楼。在他前面，一扇黑门与墙壁上冷冰冰的石块形成了鲜明的对比。他没按门铃就走了进去，填了一张表格，把它交给接待员，接待员把表格倒空，揉成一个小纸团，将它装进一支上了膛的手枪里，认真瞄准安在隔墙上的那个小窗口。他堵住右边耳朵，用左手扣动扳机，子弹打出去了。然后，他又开始沉着地给手枪装子弹，等着下一个来访者。

科兰站在那里，直到一阵铃声响起，让接待员把他领进主任的办公室。

他跟着那名男子走进一条长长的通道，通道的拐角被加高，墙壁仍与地面垂直，因此倾斜成了补角，为了保持平衡，他必须加快脚步。他还没弄明白发生了什么事情，就已经站到了主任的面前。他顺从地在一张脾气很犟的扶手椅上坐了下来，扶手椅在他的重压下拼死反抗，它的主人做了一个命令的手势它才停下来。

“怎么样？……”主任问。

“好啦，搞掂啦！……”科兰说。

“您会做什么？”主任问。

“我学过基础知识……”科兰答。

“我的意思是，”主任又问，“您是怎么打发时间的？”

“我把最明媚的时光，”科兰说，“都过得暗无天日。”

“为什么？”主任更低声地问道。

“因为光明让我感到不舒服。”科兰说。

“啊！……嗯哼！……”主任嘀咕道，“您知道我们这里找人做什么工作吗？”

“不知道。”科兰答道。

“我也不知道……”主任说，“我要问一下副主任。可您好像并不胜任那份工作……”

“何以见得？”轮到科兰发问了。

“我不知道……”主任说。

他看上去有些忐忑不安，把扶手椅往后挪了挪。

“别过来！……”他急切地说。

“可……我没有动啊……”科兰说。

“是的……是的……”主任嘀咕道，“我这么说……然后……”

他一脸狐疑地朝办公桌俯下身子，眼睛却一直没有离开科兰，然后，他拿起电话，猛地摇了一下。

“喂！”他叫道，“过来，赶紧！……”

他把电话听筒放回原位，继续用怀疑的目光审视着科兰。

“您多大年纪了？”他问道。

“二十一岁……”科兰说。

“果然不出所料……”对面的人喃喃道。

有人敲门。

“进来！”主任喊道，脸上的表情放松了。

一名男子走进了办公室，他由于长期吸入纸屑导致健康受损，猜都猜得到，他的细支气管一直到鼻孔都吸满了重新溶化出的含纤维素的纸浆。他的腋下夹着一个椅背[①]。

“您打烂了一把椅子。”主任说。

“是的。”副主任说。

他把椅背放在桌子上。

“可以修好的，您瞧……”

他朝科兰转过身来。

“您会修椅子吗？”

“我想……”科兰不知所措地说，“很难吗？”

“我用掉，”副主任肯定地说，“用掉了三罐办公用的糨糊才把它粘好。”

“糨糊的钱必须您自己出！”主任说，“我会从您的工资里扣的……”

“我已经从我的秘书的工资里扣了，”副主任说，“别担心，老板。”

“你们招人，”科兰怯生生地问，“是不是为了修椅子？”

“那当然！”主任答道。

“我记得不是很清楚。”副主任说，“但您是不会修椅子的……”

“为什么？”科兰问。

“没有为什么，反正您就是不会修。”副主任说。

“我在想，您是怎么看出来的？”主任问。

“具体而言，”副主任说，“因为这些椅子无法修了；大体而言，我看他就不是修椅子的料。”

“可是，一把椅子和办公室的工作有什么关系？”科兰问。

“莫非，您是坐在地上工作的？”主任反唇相讥。

“您平常一定不怎么做事吧？”副主任变本加厉地说。

① 法语 dossier 有“椅背”，也有“档案”的意思。

“我要告诉您，”主任说，“您是个懒汉！……”

“正是……一个懒汉……”副主任附和道。

“我们，”主任最后说，“我们，无论如何，也不能，雇一个懒汉！……”

“尤其是我们没有工作给他做的时候……”副主任说。

“这绝对不合逻辑。”科兰被他们的狂轰滥炸震得晕头转向。

“怎么就不合逻辑了，嗯？”主任问。

“因为，”科兰说，“应该给懒汉的，恰恰就是不让他们工作啊。”

“说得好，”副主任说，“这么说，您想篡夺主任的职位啰？”

主任听到这个想法，哈哈大笑起来。

“他真是极品啊！……”他说。

他的脸突然拉了下来，他又把扶手椅往后挪了一下。

“把他带出去……”他对副主任喊道，“我知道他为什么来了……快采取行动！……滚出去，小混蛋！”他咆哮道。

副主任朝科兰冲过去，但科兰已经拿到了桌子上的椅背。

“您要是敢碰我一根手指头……”他说。

他慢慢地朝门口退去。

“滚吧！”主任喊道，“魔鬼！……”

“您是个老不死的混蛋！”科兰回敬道，说完转动了门把手。

他把椅背朝主任的办公桌甩了过去，然后冲进走廊。当他跑到门口时，接待员朝他开了一枪，“纸弹”在刚刚重新关上的门扉上打出了一个骷髅头似的洞。

四十五

“我承认这是件稀罕的珍品。”古董商围着科兰的鸡尾酒钢琴转悠，说。

“是用槭树做的。”科兰说。

“我知道，”古董商说，“我估计它很好使。”

“我现在卖的是我最宝贵的东西。”科兰说。

“您一定很心疼吧？”古董商弯腰查看木头上的小花纹，说。

他吹掉上面的一些灰尘，那些灰尘使琴面黯然失色。

“您不想通过工作挣钱吗？那样就不用把它卖掉了。”

科兰想起了那个主任的办公室和接待员的枪声，于是说了声“不”。

“当您没有任何东西可变卖的时候，”古董商说，“您还是得回去工作呀……”

“要是我的花销不再增加……”科兰说完又改口道，“……要是我的花销不再攀升，我卖掉一些东西，还是有足够的钱维持生活而不必工作。不能过花天酒地的生活，但能过下去。”

“您不喜欢工作吗？”古董商问道。

“工作很可怕，”科兰说，“它把人降格为机器。”

“您的开销还在不停地攀升？”古董商问。

“鲜花价格昂贵。”科兰说，“在大山里的疗养生活也是如此……”

“可要是病好了呢？”古董商问。

“哦！”科兰叹道。

他的脸上露出幸福的微笑。

“那就太好了！……”他喃喃道。

“这也不是完全不可能吧？”古董商说。

“那当然！……”科兰说。

“但需要时间。”古董商说。

“是的，”科兰说，“太阳落下去了……”

“它还会再升起来的。”古董商的话鼓舞人心。

“我不这样认为，”科兰说，“它落得太深了。”

一阵沉默。

“装备好了吗？”古董商指着鸡尾酒钢琴问道。

“好了。”科兰说，“所有的储水器都满了。”

“我的钢琴弹得还不错，我们也许可以试试。”

“您请便。”科兰说。

“我去找张琴凳。”

他们坐在商店的中央，科兰先前让人把钢琴搬到了那里。商店里四面都是堆积成山的奇异的古物，有扶手椅、椅子、蜗形脚桌子，还有其他家具。店里的光线不是很亮，散发出印度蜡和蓝弧菌的气味。古董商拿了一张镀锡的圆脚凳，在钢琴前面坐下，先前已经拉下门上的鸭嘴形把手，如此一来，门就变成哑巴，不会打扰他们了。

“您会弹艾林顿公爵的曲子吗？……”科兰问。

“会的，”古董商说，“我为您弹一曲《流浪者布鲁斯》。”

“我把它调到多大剂量？”科兰问，“您弹的爵士乐是不是有三个主要部分？”

“是的。”古董商说。

“那好，”科兰说，“总共可以调出半升酒。好啦！”

“太好了。”古董商说着已经开始弹了。

他的触觉特别灵敏，音符纷纷扬扬地飞起，轻盈得就像是巴内·毕佳德[1]用单簧管吹奏艾林顿公爵改编的曲子时吹出的珠圆玉润的声音。

科兰坐在地上，背靠着钢琴，聆听着，柔软的、豆大的椭圆形泪珠夺眶而出，顺着他的衣服往下流淌，流进地上的尘土中。音乐从他的身体里面穿过，过滤之后重新流出，更像是那首《柯萝爱》而不是《流浪者布鲁斯》。古董商哼着淳朴的田园牧歌般的复调旋律，脑袋斜向一边摇着，恰似一条响尾蛇。他弹完了那三个主题后，停了下来。科兰的幸福感觉一直蔓延到了灵魂的最深处。他一直坐在那里，就好像回到了柯萝爱还没生病的那段岁月。

“现在怎么操作？”古董商问。

科兰站起来，一边操作，一边打开那个活动小盘板，拿出两个装着液体的杯子，液体泛着虹彩。古董商第一个开始喝，边喝边咂着舌头。

“这的确是布鲁斯的味道，”他说，“甚至就是这种布鲁斯。您的发明，真是棒极了，您知道！……”

“是的，”科兰说，“一直都非常好用的。”

“您知道，”古董商说，“我肯定会给您一个好价钱。”

“那我会很高兴的，”科兰说，“如今，我没有一样事情顺心。”

“生活就是这样子的，”古董商说，“不会总是一帆风顺。”

“但也不会总是倒霉吧？”科兰说，“美好的时光总是让人刻骨铭心，那还要倒霉的时刻做什么呀？”

---

① 巴内·毕佳德（Barney Bigard，1906—1980），美国爵士乐作曲家、演奏家，1927年加入艾林顿爵士的乐队。

“我弹一首《雾蒙蒙的早晨》怎么样？”古董商建议道，“味道会好吗？”

“会的，”科兰说，“那味道会无与伦比。可以调出一种珠灰色和薄荷绿色的鸡尾酒，带有胡椒和烟熏味。”

古董商重新坐到钢琴边，弹了《雾蒙蒙的早晨》。两人一起喝酒。喝完后，他又弹了《泡泡布鲁斯》，然后停了下来，因为他开始同时弹两种音乐了，科兰突然同时听到了四种曲调，他小心翼翼地合上钢琴盖。

“好啦，”古董商说，“我们现在谈谈生意吧！”

“好咧！”科兰说。

“您的鸡尾酒钢琴是个很神奇的东西，”古董商说，“我给您出三千杜布勒松。”

“不行，”科兰说，“给得太多了。”

“我一定要给这个数目。”古董商说。

“可这很蠢啊，”科兰说，“我不愿意。要是您愿意的话，给两千吧。”

“不行，”古董商说，“那您就搬回去吧，我不要了。”

“我不能卖三千，”科兰说，“这是打劫啊！……”

“不是……”古董商就是不松口，“我一转手就可以卖四千杜布勒松……”

“您很清楚您是不会把它卖出去的。”科兰说。

“那当然，”古董商说，“听着，我们像分梨子一样对半分：两千五百杜布勒松。”

“好吧，”科兰说，“成交。可我们拿着这可恶的两瓣梨子做什么呢？”

“给您……”古董商说。

科兰拿着那笔钱，把它们小心翼翼地放进钱夹。他有些踉踉跄跄的。

“我站不稳了。”他说。

“当然，”古董商说，“您可以时不时地回这里来和我一起听一曲，好吗？”

“一言为定，”科兰说，“现在我该走了。尼古拉要埋怨我了。”

“我陪您走一段，”古董商说，“我有点事要办。”

“您真是个好人！……”科兰说。

他们一起走了出去。蔚蓝的天空几乎一直垂到了路面上，云在地上撞碎的地方留下了大片大片的白块。

“要下大暴雨了。”古董商说。

他们一起走了一段路，科兰的同伴在一家商场前停了下来。

“等我一分钟。”他说，“我就回来！……”

他走了进去。透过窗户，科兰看见他在挑选什么东西，他把那东西放在亮处仔细地看了一眼，然后塞进口袋。

“好啦！……”他边说边把门重新关上。

“是什么呀？”科兰问道。

“是一个水平仪，”古董商答道，“我把您送走之后，想把我所有的保留曲目都弹一遍，然后我再出去逛逛……”

四十六

尼古拉看着他的烤炉。他坐在炉前，手上拿着一根通条和一盏焊接灯在做检查。烤炉的上部有些变形，薄钢板变得软绵绵的，软得就像薄薄的格鲁耶尔干酪。听见科兰在走廊上的脚步声，他直起身子。他感到很疲惫。科兰推开门，走了进来，一副兴高采烈的样子。

“怎么样？”尼古拉问道，“成交了吗？”

“我把它卖掉了，”科兰说，“两千五百……”

“杜布勒松吗？……”尼古拉问道。

“是的。”科兰说。

“出乎意料啊！……”

“我也没有预料到。你一直在检查烤炉吗？”

“是啊，”尼古拉说，“它正在变成木炭锅了，我怎么都想不明白是怎么搞的……”

“的确很奇怪，”科兰说，“可其他东西更邪乎。你看见走廊了吗？”

“看见了，”尼古拉说，“都变得像冷杉木[①]了……”

“我想跟你再说一遍，”科兰说，“我不希望你继续待在这里。”

“有一封信。”尼古拉说。

---

① 法国常用冷杉木（sapin）做棺木，法语中 sentir le sapin 即“活不长、行将就木”的意思。

“是柯萝爱写来的吗？”

“是的，是柯萝爱写的，在餐桌上。”

拆信的时候，科兰就听见了柯萝爱甜美的声音，他不用读，光听就能知道信里讲什么。信里是这么写的：

科兰我亲爱的：

我很好，天气也很好。唯一的麻烦是那些雪鼹鼠，这种动物爱在积雪和地面之间爬行，它们长着橘黄色的毛皮，夜里叫得很凶。它们刨起很高的雪堆，踩上去会摔跤。阳光灿烂，我很快就可以回家了。

“这是好消息，”科兰说，“你要去蓬多扎那家了。”

“不。”尼古拉说。

“要去的，”科兰说，“他们需要一名厨师，我也不希望你继续待在这里……你未老先衰，我跟你说我已经帮你签过字了。”

“那只小灰鼠怎么办？”尼古拉问，“谁来喂东西给它吃呀？”

“我来照顾它。”科兰说。

“这不可能，”尼古拉说，“再说了，我跟外面的时尚已经脱节了。”

“哪会呢？”科兰说，“是这里的氛围把你压垮了……你们做厨师的，换了谁也扛不住……”

“你总是这么说，”尼古拉说，“这说明不了任何问题。”

“说到底，”科兰说，“问题的核心不在这里。”

尼古拉站起来，伸展着四肢，愁容满面。

“你再也不照古费的食谱做菜了，”科兰说，“不关心自己的厨艺了，自暴自弃。”

“没有的事。”尼古拉抗议道。

“让我把话说完，”科兰说，“礼拜天你再也不穿礼服了，早晨也不刮胡子了。”

“这又不犯罪。”尼古拉说。

“这是犯罪，”科兰说，“我不能按你的身价付钱给你。可是，现在，你的身价下降了，这其中也有我的过错。”

“不，”尼古拉说，“你遇到麻烦并不是你的错。”

“是我的错。”科兰说，“是因为我结婚了，因为……”

“你在说傻话，”尼古拉说，“那谁来做饭呢？”

“我自己做。”科兰说。

“可你要工作！……你没有时间的。”

“不，我不工作。我的鸡尾酒钢琴反正也卖了两千五百杜布勒松。”

“是的，”尼古拉说，“你这算讨了便宜！……”

“你去蓬多扎那家。”科兰说。

“啊！”尼古拉说，“你真烦人。我去，但你这么做不近人情。”

“你会重新变得文质彬彬。”

“你对我的文质彬彬不是颇有微词吗……”

“是的，”科兰说，“因为和我在一起，没有那个必要。”

“你真烦人，”尼古拉说，“你真烦人，真烦人。”

四十七

科兰听见有人敲门，赶紧跑过去。一只拖鞋上破了一个大洞，他只好把脚藏进地毯下面。

“您家住得真高哇。”芒日芒士走进来。

他呼吸急促，不停地喘气。

“您好，大夫。”科兰红着脸说，他脸红是因为他不得不把脚露出来了。

“您换过房间吧，”教授说，“比以前近多了。”

“没换过呀，”科兰说，“是以前的房子。”

“不会吧，”教授说，“开玩笑时，您一定要显得更严肃，回答也要更风趣。”

“是吗？”科兰说，“……那当然。”

“还好吗？病人呢？”教授问。

“好多了。”科兰说，“她的气色好多了，再也不痛了。”

“嗯！……”教授说，“这很可疑。”

他进了柯萝爱的卧室，科兰跟在他后面。他低了一下头，免得撞到门框上，但就在这时，门框弯了下来，教授骂了一句粗话。柯萝爱躺在床上，看见教授进来时，她的脸上浮现出笑容。

卧室的体积已经大大地缩小了。地毯跟其他房间里的地毯相反，不是变薄，而是变厚了，那张床现在栖息在一个挂着缎帘子的小小的凹室里。大观景窗已经被停止生长的石柄彻底分成了四个小方窗。那里的亮光有些灰暗，但干净，暖洋洋的。

“您还要跟我说您没换过房间吗，嗯？”芒日芒士问。

“我发誓，大夫……”科兰想继续往下说。

但他停了下来，因为教授神情忧虑，疑惑地注视着他。

“……我是在开玩笑！……”他笑着说。

芒日芒士走到床边。

“嗨，”他说，“脱掉一些衣服，我要给您听诊。”

柯萝爱微微敞开绒毛短斗篷。

“啊！”芒日芒士说，“他们在那里给您开的刀……”

“是的……”柯萝爱说。

她的右边乳房下面有一个小伤疤，圆溜溜的。

“它死的时候，他们就是从那里把它取出来的吗？”教授问，“很大吗？”

“一米长，我想有那么长，”柯萝爱说，“还长着一朵二十厘米大的花。”

“烂东西！……”教授嘟哝道，“您运气不好。体积那么大，不常见呀！”

“是其他花把它弄死的，”柯萝爱说，“尤其是他们最后给我送来的一朵香子兰。”

“很奇怪，”教授说，“我想不到香子兰能产生这种效果。我原以为刺柏或者刺槐更有效。医学，您知道的，它是蠢材的一种游戏。”他总结道。

“那肯定。”柯萝爱说。

教授给她听完诊后直起身子。

“还好，”他说，“显然，还留下了一些痕迹……”

“是吗？”柯萝爱问。

“是的，”教授说，“您有一边肺叶现在完全或者几乎完全停止工作了。”

“这对我没什么大碍，”柯萝爱说，“假如另外一边完好的话！”

“要是另外一边有什么感染，”教授说，“您丈夫可就麻烦大了。”

“我没麻烦吗？”柯萝爱问。

“您不会再有麻烦。”教授说。

他直了直身子。

“我不想无端地吓唬您，但千万要小心。”

“我会很小心的。”柯萝爱说。

她的眼睛睁得大大的，手怯怯地抚弄了一下头发。

“我该怎么做才能保证不感染上别的病？”她问，几乎拖着哭腔。

“您就别东想西想了，我的小姑娘，”教授说，“您没有任何理由感染上别的东西。”

他看了一眼周围。

“我更喜欢你们的第一套房子，那房子看上去更健康。”

“是的，”科兰说，“但这不是我们的错……”

“您是做哪一行的？”教授问道。

“我在学一些东西，”科兰答道，“我爱柯萝爱。”

“您的工作颗粒无收？”教授问。

“是的，”科兰说，“我不做别人所理解的那种意义上的工作。”

“工作令人厌恶，我很清楚，”教授喃喃道，“但自己喜欢做的，显然又不会有回报，因为……”

他顿了顿。

“上一次，您让我看过一样东西，可以产生惊人效果的那个东西。

顺便问一句，它还在吗？”

“不在了，”科兰说，“我把它卖掉了，但我还是可以请您喝点东西……”

芒日芒士把手指伸到黄色衬衫的领子里面，挠了挠脖子。

“您先请。再见，年轻的夫人。”他说。

“再见，大夫。”柯萝爱说。

她钻进被窝里，把被子拉到脖子底下。在镶着大红折边的薰衣草蓝色的毯子上面，她的脸光洁、鲜嫩。

四十八

西克通过监控暗门，在考勤机上打了一下卡。像往常一样，他在从通道进入车间的那扇金属门的门槛上绊了一下，一股夹杂着黑烟的蒸汽气势汹汹地扑面而来。各种噪声开始进入耳膜：涡轮交流发电总机的沉闷轰鸣，纵横交错的工字小梁上桥式起重机的嘘嘘声，大气压带来的狂风扫荡铁皮屋顶的哗啦声。过道黑黢黢的，每隔六米亮着一盏淡红色的灯，灯光懒洋洋地在那些光滑的物体上流淌，抓住壁板和地面的那些凹凸不平的粗糙表面，好从那里绕过去。他的脚下，起伏不平的铁皮暖烘烘的，不时有地方开裂，从那些开裂的洞口可以看见很下面的地方石炉的深红色炉口。在他的头顶上方，一些液体从漆成灰色和红色的粗大管道中呼呼流过，司炉工加压时机械心脏每一次搏动，屋架都会在略略延迟之后微微向前倾斜，发出剧烈的振荡。有一些水滴在壁板上形成，碰到一次更剧烈的搏动时会掉落下来。每滴水落在西克的脖子上时，他都会瑟瑟发抖。这种水滴暗淡无光，散发出臭氧味。过道尽头的拐弯处，地板出现空隙，通过空隙可以俯瞰整个车间。

下面，每一台腰圆背阔的机器前面，都有一个人在死命挣扎，不让自己被贪得无厌的齿轮撕碎。每个人的右脚都锁着一个沉重的铁环。铁环每天只打开两次：中午和晚上。他们与机器争抢金属零部件，这些零部件从上面狭小开口里叮叮当当地掉出来，如果不及时捡起，几乎马上又会掉进齿轮蠢动的洞口，开始新一轮合成。

各种各样不同规格的器械一应俱全。西克熟悉这个场景，他就在其中一个车间最里头工作，任务是监控机器是否运转正常。当机器撕下工人的一块肉，停止工作时，他负责指示他们重新修好机器。

为了净化空气，一道道长长的汽油柱斜着喷过车间，反射着油光，把油烟、金属粉尘和热油凝结在它们周围，油烟和金属粉尘和热油在机器上呈纤细的直柱形往上升腾。西克抬起头来。那些管道一直跟随着他。他到了升降机的罐笼边，走了进去，重新关上身后的门，他从口袋里掏出一本保特的书，按了一下控制钮，开始一边看书一边等着下降到地面。

升降机在金属挡板上发出沉闷的撞击声，把他从昏昏沉沉中撞醒。他走出罐笼，进了办公室，一个灯光微弱的玻璃房。他可以从那里监控所有的车间。他坐了下来，重新翻开书，液体流过时的搏动以及机器的嗡嗡声使他昏昏欲睡。

车间的喧嚣声中出现的不和谐声音让他猛地抬起头来。他查找了一下，想知道可疑的声音来自何处。一根净化汽油柱刚才突然停在了大厅中央，在空中像被截成了两段。四台机器丢失了它的辅助在那里空转，远远看上去好像在颤动，每一台机器前面，都有一个人形慢慢倒下。西克放下手里的书，冲到外面。他跑向喷柱操控台，迅速拉下手柄。断开的油柱岿然不动，恰如镰刀的刀刃，四台机器冒出的烟雾盘旋着向天空升腾。他离开操控台，朝机器奔去，机器慢慢地停了下来。分配在那四个岗位上的工人躺在地上，弯曲的右腿由于系着铁环形成奇怪的角度，四只右手在手腕处被切断。鲜血接触生产线上的金属之后熊熊燃烧，向空中散发出一种动物被活活烧焦的可怕气味。

西克用钥匙打开锁着尸体的铁环，把它们横陈在机器前面。回到办公室后，他打电话叫值班的担架工过来，然后回到操控台附近，试图让喷柱重新恢复工作，但他怎么捣鼓都是枉然。那液体直线喷出，但到达第四台机器时，在原地消失了。能看见油柱的截面，清晰得就像是一斧头砍下来的。

他心烦意乱地摸了一下口袋里的书，然后朝中央办公室走去。在离开车间前，他侧转身子让担架工出去，四具尸体一起堆在一辆小小的电动车里，准备倒进总集尸器里。

他沿着另一条走廊往前走。在他前面比较远的地方，那辆小车低声地嗡嗡着拐了一个弯，溅出一些白色的火花。他走在金属上的脚步声在非常低矮的天花板上回荡。地面有一点坡度，去中央办公室要穿过别的车间，西克心不在焉地走着，终于到达了主楼，走进了人事总监的办公室。

“709、710、711、712 号机器有损坏，”他对坐在小窗后面的女秘书说，“有四个工人要替换，四台机器要搬走，我想是这样的。我能跟人事总监说话吗？”

秘书拨弄着一个漆过的桃花心木仪表盘上的几个按钮，然后说：“进去吧，他在里面等您。”

西克走进去，坐了下来，人事总监用质询的眼神看了他一眼。

“我需要四个工人。”西克说。

“好的，”人事总监说，“明天就会到位。”

“一条净化喷柱不工作了。”他补充说。

“那跟我没关系，”人事总监说，“到隔壁去看看。”

西克走了出去，在进入材料科科长的办公室之前履行了同样的手续。

“700 车间的净化喷柱不工作了。”他说。

“完全瘫痪了吗？”

“喷不到头。”西克说。

“您没能让它恢复运转？”

“没有，”西克说，“我无计可施。”

“我会派人去检查您的车间的。”材料科科长说。

“我的产量在下降。”西克说，“请抓紧时间。”

“那跟我没关系。”材料科科长说，“您去找生产科科长。”

西克走到旁边的那栋大楼，走进生产科科长的办公室。里面有一张被照得通亮的办公桌，办公桌后面的墙壁上挂着一块很大的毛玻璃板，玻璃板上有条红线的末端慢慢向右边移动，就像树叶边的一条毛毛虫；几台巨型的定镜镀铬水准仪在玻璃板下面转得更慢。

“您的产量下降了 0.7%，”科长问，“出什么事了？”

“四台机器出故障了。”西克说。

“下降到 0.8 的时候，您就卷铺盖走人吧。”生产科科长说。

他坐在镀铬转椅上转了一下，看了一眼水准仪。

“0.78 了，”他说，“换作是我，早就准备开路了。”

“我是第一次碰到这样的事。”西克说。

“我很抱歉，”生产科科长说，“也许可以给您换个工种……”

“我无所谓，”西克说，“我不一定非工作不可。我不喜欢工作。”

“任何人都没有权利说这样的话，”生产科科长说，“您被解雇了。”他补充说。

“我也无能为力呀，”西克说，“还讲不讲公理啊？”

“从没听说过这样的话。”生产科科长说，“应该说的是：我有工作可做。”

西克离开科长的办公室，回到人事总监办公室。

“能给我结清工资吗？”他问。

“几号？”人事总监问。

“700 车间。工程师。”

“好的。”

他转身对女秘书说：

“把他应得的工资结给他。”

“喂！”他说，“一名替换工程师，五类，去 700 车间。”

“给，”秘书把一个信封递给西克，说，“里面是您的一百一十杜布勒松。”

“谢谢。”西克说完就走了。

他与那名接替他的工程师擦肩而过，那是一个瘦削的金发年轻人，一脸的疲惫。西克朝最近的那台电梯走去，进了电梯间。

四十九

“进来！”唱片灌录商喊道。

他朝门边看了一眼。来人是西克。

“您好！”西克说，“我过来看看我送过来的录音是不是灌录好了。”

“我从头开始算一下，”那人答道，“三十面，工具制作，二十份编了号用比例绘图仪双面刻录的版本，七七八八加起来，总共一百零八杜布勒松。我给您一个优惠价，就一百零五好了。”

“给，”西克说，“我有张一百一十块钱的支票，我在背面签过字了，请找我五个杜布勒松。”

“行。”唱片商说。

他打开抽屉，给了西克一张崭新的五杜布勒松的纸币。

西克脸上的那双眼睛渐渐变得黯淡无光。

五十

伊西丝下了车。是尼古拉在开车，他看了一眼手表，目送着她，直到她走进科兰和柯萝爱住的那栋房子。尼古拉穿了套崭新的白色华达呢制服，头上戴着白色的皮帽，又变得朝气蓬勃了，但他忧虑的表情使他内心深处的惶恐暴露无遗。

楼梯到了科兰家那一层就突然变窄了，伊西丝不用伸手就可以同时碰到扶手和冷冷的壁板。地毯也只剩下一些轻飘飘的绒毛了，勉强把木地板遮住。她走到楼梯口，有些喘气，她按了门铃。

没人过来开门。楼道里没有任何声音，只是时不时地，有一阵轻微的爆裂声以及紧随其后的水花四溅的声音，那是有一级楼梯出现了松动。

伊西丝再次按门铃，听见在门里面有轻微的钢锤敲击金属的颤音。她轻轻地晃了一下门，门一下子就打开了。

她走了进去，在科兰身上绊了一跤，科兰正躺在地上睡觉，脸侧向地面，两臂前伸……眼睛紧闭。门廊的光线很暗。窗户周围，可以看见一层光晕，但没照进房间。他轻轻地呼吸着，睡着了。

伊西丝俯下身子，跪在他身边，他的眼珠子在眼皮下面转了一下。他看了伊西丝一眼，好像又睡着了。伊西丝摇了摇他，他坐了起来，抹了一下嘴巴，说：

“我睡着了。”

“是啊，”伊西丝说，“为什么不在床上睡？”

科兰说：“我想待在这里等医生，然后去买花。”

只见他一副茫然不知所措的样子。

“出什么事了？”伊西丝问。

“是柯萝爱，”科兰说，“她又开始咳嗽了。”

“还有一些炎症没消掉吧？”伊西丝问。

“不是，”科兰说，“是另一边肺。”

伊西丝站起来，朝柯萝爱的卧室跑去。地板上的木头在她的脚下飞溅，她已经认不出那间卧室了。柯萝爱躺在床上，半边脸埋在枕头里，咳嗽着，没有声音，但一直没有间断。听见伊西丝进来，她欠了欠身体，舒了口气。伊西丝走过去，在床上坐下，像搂着一个生病的婴儿一样把她抱在怀里时，柯萝爱的脸上掠过一丝浅淡的笑容。

“别咳了，我的柯萝爱。”伊西丝小声说。

“你戴了一朵漂亮的花。”柯萝爱一边吸着伊西丝插在头发上的那朵特大的红色康乃馨，一边有气无力地说。“这对我有好处。”她补充说。

“你又病了？”伊西丝问。

“是另一边肺。”柯萝爱答道。

“不会的，”伊西丝说，“是第一个肺让你还有些咳嗽。”

“不是。”柯萝爱说，“科兰在哪里？他出去给我买花了吗？”

“他就回来了，”伊西丝说，“我碰到他了。他还有钱吗？”

“有，”柯萝爱说，“还有一点，但那点钱管什么用呢，杯水车薪啊！……”

“痛吗？”伊西丝问。

“痛，”柯萝爱说，“但不是特别痛。这间卧室变了，你看见了。”

“我更喜欢现在这样，”伊西丝说，“以前太大了。”

“其他房间怎么样？”柯萝爱问。

“哦！……还好……”伊西丝支支吾吾地说。

她想起地板冷冰冰的，感觉就像在沼泽地里。

“变不变我都无所谓，”柯萝爱说，“这里依然很暖和，很舒服……”

“那当然！”伊西丝说，“一套小房间，更惬意。”

“那只小灰鼠跟我在一起，”柯萝爱说，“你看见它了吗，它在那边的角落里。我不知道它在搞什么名堂，它再也不去走廊里了。”

“是啊……”伊西丝说。

“再让我闻闻你的康乃馨，”柯萝爱说，“它让我感觉好多了。”

伊西丝把康乃馨从头发上取下来，递给柯萝爱，柯萝爱把它放到唇边，大口大口地吸着。

“尼古拉还好吗？”她问。

“还行，”伊西丝答道，“可是他再也不像以前那么开心了。我下次看你时会给你带别的花。”

“尼古拉，我挺喜欢他的，”柯萝爱说，“你不准备嫁给他吗？”

“我不能，”伊西丝喃喃道，“我高攀不上。”

“没关系的，”柯萝爱说，“假如他喜欢你……”

“我父母亲都不敢开口跟他提亲，”伊西丝说，“哦！……”

康乃馨突然变苍白了，皱缩起来，像是蔫掉了，然后变成花粉，纷纷扬扬地落在柯萝爱的胸前。

“哦！”轮到柯萝爱“哦”了，“我又要咳了……你看见了！”

她没有说下去，而是用手捂住嘴巴，一阵剧烈的呛咳。

“是……我身体里面的那东西……把花儿全都弄死了……”她含糊不清地说。

“别跟我说话，”伊西丝说，“没关系的。科兰很快就会拿花回来。”

房间的亮光是蓝色的，到了角落里则几乎变成了绿色。那里还没有出现潮湿的痕迹，地毯也还有一定的厚度，但其中的一扇方窗几乎完全封死了。

伊西丝听见门廊里传来科兰湿漉漉的脚步声。

“他来了，”她说，“肯定给你拿花来了。”

科兰出现了，抱着一大束丁香花。

“拿着，我的柯萝爱，”他说，“拿着它们！……”

她张开了双臂。

“你真好，亲爱的。”她说。

她把花束放在另一个枕头上，转到一边，把脸埋在一大束沁甜的白花中。

伊西丝站起身。

“你要走了？”科兰问。

“是啊，”伊西丝说，“有人在等我。我会带花回来的。”

“你要是明天上午来就太好了，”科兰说，“我该去找工作了，但在重新见到医生之前，我又不想让她一个人孤零零地待着。”

“我会回来的……”伊西丝说。

她小心翼翼地俯下身子，在柯萝爱柔嫩的脸颊上亲了一下。柯萝爱伸出手，摸了一下伊西丝的脸，但没有把头转过来。她贪婪地吸着丁香花的芳香，那芳香在她光亮的秀发周围飘溢开来。

五十一

科兰沿着公路艰难地前行。公路斜着消失在土堤深处，土堤上的玻璃圆屋顶在日光下闪射出变幻不定的青绿色光芒。

他时不时地抬起头来，看看路牌，以确保自己走对了方向，这时他看到了天空，天空中横贯着一道道栗色和蓝色条纹。

他可以看见，在他前面，很远的地方，一个个斜坡上，整整齐齐排列着的主温室的烟囱。

他的口袋里揣着那张报纸，报纸上说要招收二三十岁的年轻人保卫国家。他以最快的速度前进，但双脚陷进热烘烘的泥土中，这种泥土到处都是，慢慢地盖住了建筑和道路。

看不见植物。只有泥土，均为同一形状的泥土堆，堆积在道路的两旁，形成了随时都会失去平衡的陡峭路堤。有时，一个沉重的土堆摇晃着滚下斜坡，绵软无力地砸在路面上。

有些地方，路堤下沉，科兰透过浑浊的玻璃圆盖，看见一些深蓝色的影子在一个更浅的背景中若隐若现地晃动。

他把双脚从踩陷下去的泥坑里拔出来，加快脚步。泥土旋即紧缩，恰似一块环形肌肉，然后就只剩下一个浅浅的凹印，勉强可辨，那印子一眨眼工夫也消失得无影无踪。

烟囱越来越近。科兰感觉到心脏在胸腔里冲撞着，仿佛一只发飙的猛兽。他隔着衣袋捏了一下那张报纸。

脚下的地面很滑，在下陷，但陷得没那么深了，能够感觉到土地变硬实了。他看见离他最近的那个烟囱，像尖头桩一样嵌入地里。一些深色的鸟儿围着烟囱顶部盘旋，一股细细的绿色烟雾从那里冒出来。烟囱底部呈圆鼓状，以确保它的稳固。楼房建筑要到更远一些的地方才开始出现。只有一个大门。

他走进大门，在明晃晃的锋利刀刃做的栅栏上把脚上的泥土刮干净，然后沿着一条低矮的走廊往前走，走廊两边都装着高压灯。地面上铺砌着红砖，墙壁的上方就像天花板一样，镶着好几厘米厚的玻璃板，透过玻璃板隐约可见一堆堆深色的一动不动的东西。走廊尽头有一扇门，门上写着报纸上所登的号码，他按照广告上的要求，没敲门就走了进去。

一个头发蓬乱、穿着白色工作服的老头子正坐在办公桌后面阅读一本小册子。墙壁上挂着形形色色的武器，有亮铮铮的双筒望远镜、火枪、各种口径的长枪以及全套的型号不一的剜心器。

“您好，先生。”科兰说。

“您好，先生。”那人答道。

他的声音颤抖、粗重，那是由于年龄的关系。

“我看了广告，是来这里应聘的。”科兰说。

“啊？”那人说，“广告刊出去一个月了都没有任何结果。这是一份很辛苦的工作，您知道……”

“我知道，”科兰说，“可是薪水很高呀！”

“上帝呀！”那人说，“它会把您耗得筋疲力尽的，您知道吗，您会得不偿失，不过还轮不到我来贬低我的部门。反正，您也瞧见了，我依然活着……”

“您工作了很长时间？”科兰问。

“一年。”那人说，“我二十九岁。”

他用皱巴巴、颤巍巍的手摸了一下脸上的皱纹。

“现在，我成功了，您看……我可以整天待在办公室里看这本小册子了……”

“我需要钱。”科兰说。

“谁都会碰到这种情况，”那人说，“但这份工作会让您变成一个想得开的人。三个月后，您就不那么需要钱了。”

“我是为了给妻子治病。”科兰说。

“哦，是吗？”

“她病了，”科兰解释道，“我并不喜欢工作。”

“我为您感到遗憾，”那人说，“女人一旦生病，就一无是处了。”

“我爱她，”科兰说。

“毫无疑问，”那人说，“否则您哪会心甘情愿出来找事做。我领您去看您的岗位。在楼上。”

他带着科兰穿过拱顶呈扁形的洁净的通道，走上红砖台阶，来到一扇门前，门上有一个标识，门的旁边是其他房间。

“到了，”那人说，“进去吧，我给您介绍一下您的工作。”

科兰走了进去。房间非常小，四四方方的，墙壁和地面都是玻璃做的。地上有座棺材似的大土台，非常厚，至少有一米。一块重重的毛毯卷起放在旁边的地面上。没有任何家具。墙上的一个小壁龛里有个蓝铁箱。那人朝铁箱走去，把它打开，从里面取出十二个圆筒形的亮铿铿的东西，那些东西上面有个小洞。

“土地贫瘠，您知道是怎么回事，”那人说，“国防需要一流的材料。可是，为了让那些枪筒标致均匀地生长，不发生畸变，人们早就发现需要使用人体的体温，而且，所有的武器都一样。”

“是的。”科兰说。

“您在地上打出十二个洞眼，”那人说，“分别对准心脏和肝部中心。您把衣服脱掉后，在地上平躺着，盖上那块无菌羊毛毯，然后设法让自己均匀地释放出体温。”

他轻轻地笑了笑，拍了一下右边的大腿。

“当初，我每个月头二十天就可以做出十四根枪筒。啊！……我好厉害！……”

“然后呢？”科兰问。

“然后，您就那么待着，一直待二十四小时，二十四小时之后，枪筒就长出来了。有人来把它们取走，他们在地上浇上油，然后您重新开始。”

“它们朝底下长吗？”科兰问。

“没错，底下有灯照，”那人说，“它们具有正向光性，但之所以会向下生长，是因为它们比土地重，所以主要是把底下照亮，以免它们出现畸形。”

“那枪膛线呢？”科兰问道。

“这类枪生长的时候就有枪膛线，”那人说，“种子都是精挑细选过的良种。”

“那些烟囱是干什么用的？”科兰问。

“为了通风，”那人说，“也为了给毯子和房屋消毒。没必要采取特别的防护措施，因为它们的生命力很顽强。”

“用人造热能不行吗？”科兰问。

“不好，”那人说，“它们需要人体热量才能茁壮成长。”

“你们雇用女人吗？”科兰问。

“她们做不了这份工作，”那人说，“她们的胸部不够平坦，热量不能均匀散发。现在，我要让您工作了。”

“我每天确实能挣到十个杜布勒松吗？”科兰问。

“那是肯定的，”那人说，“要是超过十二根枪筒还会有奖金……”

他离开房间，关上了房门。科兰手上拿着那十二粒种子，把它们放在旁边，开始脱衣服。他闭着眼睛，嘴唇不住地哆嗦。

五十二

“我不知道究竟是怎么回事，”那人说，“刚开始时质量还很不错。可是，最后这一批枪筒，我们只能拿来做特种武器了。”

“我的工钱您还是照发不误吧？”科兰忧心忡忡地问。

他应该能领到七十杜布勒松，外加十杜布勒松的奖金。他已经尽了最大的努力，但枪筒质检处检出了某些偏差。

“您自己看看吧。”那人说。

他拿着一根枪筒，让科兰看那个喇叭口。

“我不明白。”科兰说，“头一批都是无可挑剔的圆筒形。”

“当然，我们可以用这些枪筒来做枪榴弹发射筒，”那人说，“但这是五次战争之前的型号，我们已经有大批的库存。真麻烦。”

“我尽力了。”科兰说。

“那是肯定的。”那人说，“我这就把八十杜布勒松给您。”

他从办公桌的抽屉里拿出一个盖了封印的信封。

“我提前帮您取出来了，省得您亲自去财务科。”他说，“有时要等好几个月才能拿到钱，可您看样子正等着用钱。”

“谢谢您。”科兰说。

“您昨天的产品我还没有检查，”那人说，“它们马上就要送到了。您能再等一下吗？”

他的声音颤抖而怪异，对科兰的耳朵来说，是一种折磨。

“我再等一下。”他说。

“您瞧，”那人说，“我们不得不在细节上特别小心，因为枪无论如何都应该一个样，即使没有子弹……”

“是这么回事……”科兰说。

“子弹常常是没有的，”那人说，“子弹的生产计划总会晚一些，有一种型号的枪我们不再生产了，但这种枪的子弹库存量非常大，尽管如此，我们没有接到生产新枪子弹的任务，所以这些枪还用不上。反正也没什么关系。你用枪怎么去抗击有轮子的大炮呢？敌人制造一台有轮子的大炮时，我们产出两支枪。因此，我们有数量上的优势，但一台有轮子的大炮才不在乎一支枪甚或十支枪呢，尤其是没有子弹的枪……”

“这里不生产有轮子的武器吗？”科兰问。

“也生产的，”那人说，“但我们刚完成上一次战争的生产计划，这些武器不好用，必须销毁，可由于造得非常坚固，销毁它们需要大量的时间。”

有人敲门，一名搬运工出现了，推着一辆白色的消过毒的车。白布下面盖着科兰前一天做的产品，白布的一端稍稍凸起。标准的圆筒形枪筒不应该发生这种情况，科兰感到忐忑不安。搬运工走出房间时把门也关上了。

“啊！……”那人说，“看上去好像没处理好。”

他掀开白布，那里放着十二支冷冰冰的蓝钢枪筒，每一支枪筒的开口处都绽放出一朵美丽的白玫瑰，清新、天鹅绒般柔滑的花瓣凹处涂着米色的阴影。

“啊！……”科兰喃喃道，“多美的花呀！……”

那人什么也没说，咳了两声。

“您明天不用再回来上班了。”他犹犹豫豫地说。

他的手指紧紧地抓住推车的边沿。

“我能把这些花拿走吗？”科兰问道，“我拿回去送给柯萝爱。”

“如果您把它们从钢上取下来，它们很快就会死掉，”那人说，“它们是钢做的，您知道……”

“这不可能。”科兰说。

他轻轻地拿起一朵玫瑰，试图折断花茎。一不留神，一个花瓣在他的手上撕出了一个好几厘米长的口子。殷红的鲜血随着缓慢的脉搏，从他的手上汩汩流出，他不知不觉地把它们吞进了肚子。他看着白色的花瓣，花瓣上面印着一弯红色的新月。那人拍了拍他的肩膀，把他轻轻地往门口推去。

五十三

柯萝爱在睡。白天，那朵睡莲把美丽的乳白色借给她，但她睡着了的时候就不必了，脸上又会重新出现红色的斑块。她的两眼在额头下面形成两块微蓝的印记，从远处看，不知道它们是不是睁开的。科兰坐在餐厅的一张椅子上，等待着。柯萝爱周围摆了许多鲜花。他还可以等几个小时再去寻找另一份工作。他想休息一下，好给别人留下一个好印象，找份真正的高薪工作。房间里几乎黑了。窗户越变越窄，只差窗台上的十厘米就完全封死了，亮光进来时只剩下窄窄的一条，刚好照到他的前额和眼睛，脸上的其他部分都笼罩在阴影之中。那台电唱机已经不能用了，每次放唱片都必须手动上发条，上得他特别累。唱片也渐渐磨损。如今，有些唱片已经很难听出旋律了。他思忖，柯萝爱要是需要什么东西，那只小灰鼠会马上跑过来通知他的。尼古拉会娶伊西丝吗？举行婚礼时伊西丝会穿什么样的婚纱呢？谁在按门铃呀？

“你好，阿丽丝，”科兰说，“你是来看望柯萝爱的吗？”

“不是，”阿丽丝说，“我只是随便走走。”

他们待在餐厅里。有了阿丽丝的头发，餐厅亮堂多了，那里还剩下两张椅子。

“你有心事。”科兰说，“我知道烦恼的滋味。”

“西克回来了，”阿丽丝说，“在他自己家里。”

“你一定有事要跟我说。”

“没有。”阿丽丝说，“我要搬到外面去了。”

“是吧，”科兰说，“他正在刷房子……”

“不是，”阿丽丝说，“他的心里只有那些书，他不要我了。”

“你和他吵架了？”科兰问。

“没有。”阿丽丝说。

“他误解了你跟他说过的话，等他气消了之后，你再跟他解释。”

“他只是跟我说，他剩下的钱只够他请人用虚无皮装帧他的最后一本新书，”阿丽丝说，“还说他再也忍受不了把我留在他身边，因为他什么也不能给我了，我会变成一个丑八怪，双手会变得非常粗糙。”

“他说得对。”科兰说，“你不应该工作。”

“可我爱西克。”阿丽丝说，“我可以为他工作。”

“但那也无济于事，”科兰说，“再说了，你不能那么做，你太漂亮了。”

“他为什么要把我赶出来？”阿丽丝问，“我真的很漂亮吗？”

“我不知道，”科兰说，“可我很喜欢你的头发和脸蛋。”

“你看看。”阿丽丝说着站起来，拉下裙子拉链上的小环，裙子滑到了地上。这是一条浅色毛料裙。

“是的……”科兰说。

房间一下子变得亮堂堂的，科兰看着全身赤裸的阿丽丝。她的两只乳房好像要展翅飞翔，修长的腿上的长块肌肉摸上去应该很结实很温暖。

“我可以抱你吗？”科兰问。

“可以，”阿丽丝说，“我也很喜欢你。”

“你会着凉的。”科兰说。

她走到他身前，在他的腿上坐下，眼泪开始默默地往下掉。

“为什么他不要我了？”

科兰轻轻地摇晃着她。

“他不懂。你知道吗，阿丽丝，怎么说，他也是个善良的小伙子。”

“以前他爱我爱得不得了，”阿丽丝说，“他以为那些书会答应和我和平相处！但那是不可能的。”

“你会着凉的。”科兰说。

他抱着她，摩挲着她的头发。

“为什么我早先遇见的人不是你呢？”阿丽丝问，“我也会一样爱你的，可现在，我不能，我爱的人是他。”

“我懂，”科兰说，“我也一样，现在，我更爱柯萝爱。”

他让她站了起来，拾起地上的裙子。

“穿上它，我的小猫。”他说，“你会着凉的。”

“不会，”阿丽丝说，“再说了，着凉了也没什么关系。”

她机械地把裙子重新穿上。

“我不希望你伤心。”科兰说。

“你是好人。”阿丽丝说，“可我太伤心了。我以为自己怎么样也能为西克做点什么。”

“你回父母亲家吧，”科兰说，“他们也许想见你……或者去伊西丝家。”

“西克不会去那里的，”阿丽丝说，“西克不去的话，我不想去任何人家里。”

“西克会去的。”科兰说，“我会去找他。”

“不，”阿丽丝说，“他的屋子已经进不去了，大门总是反锁着。”

“我怎么样都能见到他的。”科兰说，“要不，就是他来见我。”

“我不这样认为，”阿丽丝说，“他再也不是原来的那个西克了。”

“不会的，”科兰说，“人是不会变的，只有事物才会变。”

“我不知道。”阿丽丝说。

“我送送你。”科兰说，“我要去找工作了。”

“我不走那边。”阿丽丝说。

“那我陪你下楼。”科兰说。

她站在他面前，科兰把两只手放在她的肩上，感觉到了她脖子上的热量。还有靠近皮肤的卷曲的秀发。他的手从她的身上滑下来，她不再哭了，好像已经不在那里了。

“我不希望你做蠢事。”科兰说。

“啊！”阿丽丝说，“我不会做蠢事的……”

“回头再来看我，”科兰说，“要是你心烦的话。”

“也许我会回来看你的。”阿丽丝说。

她看了看屋里面。科兰拉着她的手，走下楼梯。他们的脚在湿乎乎的梯级上时不时地打滑。走到楼下，科兰跟她道别，她站在那里，望着他远去的背影。

五十四

最后一本书刚从装订商那里取回来，西克在把它放回封套之前，一直在爱不释手地抚摸着。它覆着一层虚无皮，很厚，是绿色的，保特的名字用中空字母清楚地印制在封面上。在唯一的一个书架上，西克放满了所有的标准版，而其他所有不同的版本、手稿、初版样书、特辑，则占据了从厚厚的墙壁上凿出来的特别的壁龛。

西克舒了一口气。早上，阿丽丝从他这里搬走了，他是迫不得已才叫她走的。他只剩下一个杜布勒松和一块奶酪了，她的裙子挂在他的衣柜里，妨碍他挂保特的旧衣服，这些衣服可是书商好不容易才弄到手的。他已经记不得最后一次吻她是在哪一天，他再也不能把时间浪费在和她接吻这种事情上。他得把电唱机修好，好把保特演讲的内容滚瓜烂熟地背下来。即使唱片弄烂了，他还是可以把文字保留下来。

保特所有的书，所有出版过的书籍都在那里。用皮套小心翼翼保护着的精装豪华本、烫金本，留有蓝色宽外边的珍藏本，用捕蝇纸或者直纹纸印刷的限量本，一整面墙都专门留给了它们，墙上划分出一个个舒适的蜂房，还镶上了天鹅绒。每部作品分别占一个蜂房。对面那面墙则摆放着装订成册的保特的一摞摞文章，那是他无比虔诚地从杂志、报纸和无数的期刊中摘选出来的，是保特在与它们广泛的合作中惠赐的锦绣华章。

西克摸了一下额头。阿丽丝和他在一起生活了多长时间？……科兰给的那笔杜布勒松应该用来娶她的，但她并不是很在意。等着他，和他在一起，她就心满意足了，可一个女人这么做是不能接受的，只是因为她爱你就要和你在一起，这是不能接受的。他也爱她，他不能容许她浪费他的时间，因为她对保特已经没有兴趣。对一个像保特这样的男子，怎么可以没有兴趣呢？……他什么题材都会写，什么主题都能写，而且文笔是那么简洁。可以肯定的是，保特将会用不到一年的时间完成他的《恶心百科全书》，波弗娃公爵夫人也会参与这项工程，留下美轮美奂的手稿。从现在开始，必须挣到足够的钱，至少攒够分期付给书商的钱。西克没有交税，对他来说，用交税的钱来买一本《圣女克伦布之洞》更有意义。而阿丽丝却希望西克用那些钱去交税，她甚至提议，变卖自己的一些东西来把税缴清。他答应了，变卖首饰的钱正好买一本精装的《圣女克伦布之洞》，阿丽丝不戴首饰也蛮好看。

他犹豫着要不要把门重新打开。也许她就在门后面等着他转动钥匙。他觉得不会了。她的脚步，在楼道里回荡，就像逐渐减弱的敲锤声。她可以回她父母家，继续她的学业。反正，也不是太晚。耽误的那些课程很快就可以补回来。但阿丽丝不怎么学习了，她过于操心西克的事情，给他弄吃的，替他熨领带。反正，那些税是绝对不会交的。因为你没有交税就有人跑到你家里来胡搅蛮缠，有这样的先例吗？这种事情不会发生的。可以分期付款，一个杜布勒松，然后你就能耳根清净了，在一段时间里不会再有人提及这件事。一个像保特那样的人会交税吗？很有可能。无论如何，其他人交税是用来供养警察和高官，从道德的角度看，你交了税，相应也就获得了被人抓进监牢的权利，这种行为值得称道吗？这是一个亟待打破的恶性循环，只要有一段时间没人交税，那些官员就会悉数饿死，世界上也就不会有战争了。

西克掀开他那台双盘电唱机的盖子，放了让-萨尔·保特的两张不同的唱片。他想同时听两张，让两种旧思想碰撞迸发出新的思维。他置身于离两个喇叭相同距离的地方，让他的头处在碰撞发生的地方，自动保留碰撞产生的结果。

唱针在刚开始的螺旋线上发出咔的一声，然后滑入唱片的槽纹，保特的话语随即在西克的大脑之中回荡。他从所在的位置朝窗外看着，发现屋顶上到处都有烟雾呈青色螺旋形往上升腾，烟雾底部被染成红色，如同烧纸烧出的那种浓烟。他无意之间看见红色压过了青色，而保特的那些话语相互撞击，发出耀眼的光芒，为他的疲惫开辟出一个甜蜜的休憩场，温柔得恰似五月的苔藓。

五十五

警署的司法总管从口袋里掏出口哨，用它来敲打挂在他身后的一只巨大的秘鲁锣。只听得钉了铁钉的靴子在各个楼层狂奔，接连不断有人摔倒在地，接着，六名全副武装的得力干将通过滑梯突然闯进他的办公室。

他们一骨碌爬起来，拍了拍屁股上的尘土，然后摆出立正的姿势。

“杜格拉斯！”总管喊。

“到！”第一名武装警察答道。

“杜格拉斯！”总管又喊。

“到！”第二名武装警察答道。

点名在继续。司法总管记不住所有属下的名字，杜格拉斯是惯用的统称。

“特别任务！”他下达了命令。

六名武装警察齐刷刷地把手放在屁股口袋上，表示他们都配备了十二响的均衡枪。

“我亲自指挥！”总管强调。

他狠狠地敲了一下锣。门开了，一名文书走进来。

“我即将出发，”总管宣布，“特别任务。记录在案。”

文书抓起记录本和铅笔，开始摆出第六条规章条例规定的姿势。

“到西克先生家里追缴赋税，采取预先查封措施，”总管口授道，“暗中往死里打[①]，严加惩戒。全部查封或者部分查封，外加擅闯民宅。”

“已经记录在案！”文书说。

“开路，杜格拉斯！”司法总管命令道。

他站起来，走在这支轻型舰队的最前面。舰队用十二只脚，模仿蜂窝布谷鸟的起飞状，笨重地起航。六名男子都穿着衣裤相连的黑皮紧身制服，胸部和肩部都有护甲，黑色的钢盔形似头箍，低至后颈，保护着两鬓和前额。所有的人都穿着金属靴子，总管穿着类似的制服，只是制服是红皮的，肩部还有两颗金星在闪烁。他的那伙人屁股口袋里装着均衡枪，显得鼓鼓囊囊的。他手上拿着一根小金棍，皮带上吊着一只镀金的手榴弹。大家走下主楼梯，总管把手举到头盔上时，哨兵摆出持重的姿势。一辆特别的汽车在门口等候。总管独自一人坐在后排，那六名武装警察则并排坐在突出车外的踏板上，两个胖子坐一边，四个瘦子坐另外一边。司机同样穿着黑色的连裤制服，只是没戴头盔。他发动了汽车，汽车没有轮子，只有许多颤巍巍的脚，如此一来，就不存在车胎被流弹打爆的危险了。那些脚在地上打着响鼻，司机在第一个岔道来了个急转弯，坐在车里面，感觉就像坐在倾泻而下的浪尖上。

---

① 此处passage à tabac de contrebande为作者的文字游戏，由passer du tabac en contrebande（走私香烟）与 passer qn à tabac（毒打某人）合成而来。

五十六

望着科兰远去的背影，阿丽丝声嘶力竭地在心里跟他作别。他那么爱柯萝爱，为了她出去找工作，为了她挣钱买花，抗击在她的胸腔里日渐吞噬她的可怕之物。科兰宽阔的肩膀有些下陷，看上去那么疲惫，头发已经不像以前那样梳理得整整齐齐油光可鉴了。西克在谈到保特的书，在讲解保特的时候，会露出一副温情脉脉的样子，他确实不能没有保特，不会想到去追寻任何其他东西，保特说了他所想说的一切。不能让保特出版那部百科全书，那会要了西克的命，他会去偷盗，去谋杀书商。阿丽丝开始慢悠悠地上路了。保特每天都在一家小酒馆里度过，和一些跟他一样去那里喝酒写作的人一起喝酒写作，喝着海茶和淡烧酒，喝了之后就不会去多想他们所写的东西。很多人进进出出，把作家们内心最深处的思想都搅翻上来，他们总能钓上一两种。多余的东西无须去除，可以加一点想法稀释一下，这样就更容易吸收，尤其是女人，不喜欢太纯的东西。通往小酒馆的路不是很远，阿丽丝远远地看见一个穿白上衣和柠檬色长裤的服务生正在给堂埃瓦尼·马尔凯端上一只塞馅猪脚，这位赫赫有名的亲碗[①]运动员并没有喝酒，他讨厌喝酒，却贪食辣菜，弄

① 该词的法文（baise-bol）与“棒球”（base-ball）谐音。

得邻座们嘴巴发干。阿丽丝走了进去，让－萨尔·保特坐在平日里坐的位子，正在写作。酒店里人很多，但说话都是柔声细语。像是出了什么奇迹，让人意想不到：阿丽丝发现让－萨尔旁边的一张椅子空着，便在那里坐了下来。她把那只沉重的包放在腿上，拉开拉链。从让－萨尔的肩膀上望过去，她看见了书页上的标题——《百科全书》，第十九卷。她怯生生地碰了一下让－萨尔的手臂，让－萨尔停住了手中的笔。

“您已经写这么多了。”阿丽丝说。

“是的，”让－萨尔答道，“您有话要对我说吗？”

“我想请求您不要出版这本书。”她说。

“这很难，”让－萨尔说，“人们在等着呢！”

他摘下眼镜，朝镜片吹了一口气，然后把它重新戴上，别人就看不见他的眼睛了。

“当然，”阿丽丝说，“但我的意思是，只要把出版日期往后推一推。”

“啊，”让－萨尔说，“如果只是这样，倒是可以商榷。”

“要把出版日期往后推十年。”阿丽丝说。

“您说什么？”

“是的，”阿丽丝说，“十年，或者更长。您知道，最好让人们存够了钱，才买得起您的书。”

“那读起来就麻烦了，”让－萨尔·保特说，“我现在写它已经很不容易了。由于总是拿着纸，我左手的手腕已经严重痉挛。”

“我为您感到遗憾。”阿丽丝说。

“遗憾我痉挛？”

“不，”阿丽丝说，“遗憾您不能把出版日期往后推。”

“为什么？”

“我来跟您解释：西克把他所有的钱都用来买您的书，他已经身无分文了。”

“他最好还是买别的东西，”让－萨尔说，“我嘛，我从不买我自己的书。”

“凡是您写的书，他都喜欢。”

“这是他的权利，”让－萨尔说，“他有选择的权利。”

“我觉得，他已经难以自拔了，”阿丽丝说，“我呢，我也有自己的选择，但我是自由的，因为他不想再和我一起生活，所以我要把您杀掉，因为您不愿意推迟出版时间。”

“您这么做会让我失去生存的手段，”让－萨尔说，“我要是死了，您让我怎么领版税啊？”

“那跟我没有关系。”阿丽丝说，“我不可能面面俱到，因为我的首要任务是把您杀掉。”

“可您要承认，我不能屈服于这样一种理由吧？”让－萨尔·保特问。

“我承认。”阿丽丝说着打开包，从里面掏出西克的那把剜心器，那是几天前她在西克的抽屉里找到的。

“您能把衣领解开吗？”她问。

“您听着，”让－萨尔一边说一边摘下眼镜，“我觉得这件事匪夷所思。”

他解开衣领上的纽扣。阿丽丝用尽全身的力气，动作坚决地把剜心器扎进了保特的心脏。保特看了她一眼就一命呜呼了，当他发现自己的心脏是四面体时，最后的那一丝目光里充满了惊诧。阿丽丝脸色惨白，让－萨尔·保特现在已经死了，茶也渐渐凉了。她拿起《百科全书》的手稿，把它撕得粉碎。一名服务生走过来擦掉长方形小桌子上的血迹以及血水和墨水混在一起的污秽。她把钱付给服务生，打开剜心器的两条腿，保特的心留在了桌子上。她把那个铮亮的器具收起来放回包内，然后走出酒馆，来到大街上，手上拿着保特常装在口袋里的那盒火柴。

五十七

她转过身来。一股浓浓的黑烟灌满了橱窗，人们开始围观。先前她划了三根火柴才点着，保特的书都不情愿被火焚烧。书商横躺在办公桌后面，他的心在旁边烧了起来，里面已经喷出火焰和沸腾的血柱。头两家书店，在三百米远的地方燃起大火，发出噼里啪啦声和呼呼声，书商已经死了，所有卖书给西克的人都会以同样的方式毙命，书店统统都会被烧掉。阿丽丝哭着，匆匆赶路，她想起让－萨尔·保特看到自己的心脏时的眼神，起初她并不想杀他，只想阻止他的新书出版，把西克从慢慢逼近的毁灭中拯救出来。他们联手对付西克，想搜刮他的钱财，利用他对保特的热情，向他兜售一些毫无价值的旧衣服和有牙印的烟斗，他们是咎由自取。她看见左边的橱窗里摆放着一本线装本图书，便停下来，屏住呼吸，走了进去。书店老板迎上前来。

"您想要买什么书？"他问。

"您有保特的书吗？"阿丽丝问。

"当然有，"书商说，"只是，我暂时不能给您珍藏本，那都是一个老主顾预订了的。"

"是西克吗？"阿丽丝问。

"是的，"书商答道，"我想他是叫那个名字。"

“他再也不会回您这里买书了。”阿丽丝说。

她走到他身边，把手帕丢在地上。书商弯腰去捡手帕，关节咔咔响，她利索地将剜心器从他的背部扎进去。她又哭了，浑身发抖。书商倒在地上，脸贴着地板。她不敢拿回自己的手帕，因为书商把它牢牢地攥在手里。剜心器被拔了出来，两条腿抓着书商的心脏，那心脏非常小，浅红色的。她把剜心器的腿掰开，心脏滚到了书商旁边。必须抓紧时间。她拿起一叠报纸，划了一根火柴，点燃，把它丢到柜台下面，然后从离她最近的书架上拿了十二本尼古拉·卡拉斯的书，扔进火堆。火焰在热浪中颤抖着向那些书猛扑过去，柜台的木头在冒烟，并发出噼啪声，整个书店烟雾弥漫。阿丽丝把最后一排书推倒在火中，然后摸索着走了出去。她将鸭嘴门把手拉下来，以防有人进去，然后拔腿就跑。她的两眼生疼，头发上全是烟味，她奔跑着，脸上几乎没有眼泪，它们一出来就被风吹干了。她离西克住的那个街区越来越近，只剩下两三家书店了，另外几家对他没有危险。在进入下一家书店前，她回了回头，看见在她身后很远的地方，粗大的烟柱正在向空中升腾，人们争前恐后地拥过去，观看消防队操作那些复杂的机器。她关上书店门的时候，庞大的白色消防车在街上疾驰而去；她透过玻璃窗看着它们消失，书商朝她走过来，问她想买什么书。

五十八

“你，”司法总管说，“你待在那里，守住门的右边，你，杜格拉斯，”他转身对两个胖警察中的另外一个说，“守住左边，不要让任何人进去。”

两名受命的武装警察拿出均衡枪，按照有关规章条例规定的动作，右手贴着右腿下垂，枪口指向膝盖。他们把系在颌下的帽带扣紧，下巴上的肉被勒得前后鼓起。总管走进来，后面跟着四个瘦警察，他在门的两边各布置一个，他们俩的任务是不让任何人从屋里出来。然后，他朝楼梯走去，后面跟着余下的两个瘦警察，他们长得很像，都是茶褐色的脸，黑色的眼睛，嘴唇都很薄。

五十九

西克把电唱机停下来，换下他刚才从头到尾同时听过的两张唱片，又从另一套唱片中取出两张。他在一张唱片下面发现阿丽丝的一张照片，他还以为已经把它弄丢了。那是一张侧面照，照相时打在脸上的是调配好的光，摄影师一定在她身后放了一盏聚光灯，好在她的头发上制造阳光照射的效果。他换好唱片，手上拿着那张照片，透过窗户往外瞥了一眼，发现有新的烟柱在升腾，就在他家附近。他准备把那两张唱片听完，然后下楼去旁边的书店看看。他坐下来，把照片举到眼前，好更仔细地看她。她很像保特，渐渐地，保特的形象浮现在阿丽丝的脸上，他朝西克笑了一下，毫无疑问，他会照西克的要求给他签名。楼梯间里传来有人上楼的脚步声，在他家门前回荡。他放下照片，停下电唱机，走过去开门。出现在他面前的，是一名穿着黑皮连裤制服的武装警察，后面还跟着另外一个，司法总管最后一个进来，红色制服和黑色头盔在阴暗的楼梯间忽明忽暗地闪着亮光。

“您叫西克？”总管问。

西克后退了一步，脸色煞白，一直退到摆放着他的心爱书籍的墙壁边。

“我犯了什么法吗？”他问。

司法总管从胸前口袋里摸出那张纸，开始宣读：

到西克先生家里追缴税赋，采取预先查封措施，暗中往死里打，严加惩戒。全部查封或者部分查封，外加擅闯民宅。

“可是……我会把所欠的税款交清的呀。”西克说。

“是的，”总管说，“过后您会付清。首先，我们要悄悄把您往死里打一顿。这一顿可有得受。我们的措辞简明扼要，省得让人听了情绪失控。”

“我去把钱拿给您。”西克说。

“那当然。”总管说。

西克朝桌子走去，打开抽屉。他在抽屉里一直放着一把大号的剜心器和一把已经坏了的杀警刀。他没有找到那把剜心器，但杀警刀藏在一堆旧报纸下，把报纸撑了起来。

“告诉我，”总管问，“您真的是去拿钱吗？”

两名警察一左一右站开，手里握着均衡枪。西克直起身子，手上拿着那把杀警刀。

“小心，头儿！”一名武装警察叫道。

“开枪吗，头儿？”第二个警察问。

“你们这样是抓不到我的。”西克说。

“非常好，”总管说，“那我们去拿您的书。”

一个警察抓起手边的一本书，粗暴地翻开。

“里面除了文字，什么都没有。”他说。

“毁掉它。”总管命令道。

警察抓住那本书的书壳，狠命地甩。西克开始嚎叫：

“别碰它！”

“告诉我，”总管问，“您为什么不用杀警刀？您很清楚公文上写着‘擅闯民宅’几个字。”

“放下它！”西克再次咆哮起来，举起杀警刀，但刀上的钢刃坠落到地上，没发出一点声音。

“开枪吗，头儿？”那个武装警察再次问道。

那本书刚刚脱离它的书壳，西克一边丢下那把没用的杀警刀，一边向前扑过去。

“开枪，杜格拉斯。”总管一边往后退一边下令。

西克的身体栽倒在两名武装警察的脚边，两名警察都开火了。

“要不要把他往死里打，头儿？”另一名武装警察问。

西克的身体依然在颤动。他用双手撑住身子，终于跪了起来。他捂住肚子，脸部扭曲着，豆大的汗珠流进了眼睛。他的前额有一道很大的伤口。

“放过这些书……”他嗫嚅道，声音嘶哑而虚弱。

“我们要踩烂它们，”总管说，“我看您死到临头了。”

西克的头又耷拉下来，他试图重新直起身子，但他的腹部疼痛，仿佛有一把三角刀在里面转动。他终于在地上站起一只脚，但另一边膝盖拒绝直起。总管朝西克走过去的时候，两个武装警察向那些书籍逼近。

“别碰那些书。”西克说。可以听见血在他的喉咙里发出咕噜声，他的头倾斜得越来越厉害。他松开肚子，双手通红，在空中漫无边际地拍打着，然后又重新倒下，脸贴着地板。司法总管用脚把他踢翻过来，他不再动弹，睁开的眼睛看着房间外面的远方，脸被额头上涌出来的血流分成了两半。

“踩烂它们，杜格拉斯！”总管大喊道，“我要亲手捣烂那台释放噪声的仪器。”

他从窗前走过，看见一朵巨大的蘑菇云慢慢地从相邻那栋楼房的底楼朝他这边升起来。

“不用踩得那么认真，”他补充道，“旁边的楼房正在燃烧。动作要快，这才是关键。不会有什么痕迹留下，但我会在报告里记录总体情况。”

西克的脸全黑了，身体下的那摊血凝结成了星星。

六十

尼古拉从阿丽丝刚刚放火焚烧的倒数第二家书店前走过。先前，他在路上碰到了正赶去上班的科兰，从科兰那里知道了他外甥女的伤心事。他打电话到自己的俱乐部时马上就知道了保特的死讯，他开始追踪阿丽丝，想安慰她，让她重新振作起来，把她留在身边，直到她变得跟从前一样快乐。他看见了西克的房子，一条又长又细的火舌从旁边那家书店的橱窗中间蹿出来，玻璃被炸开，仿佛被锤击过一样。他在门口发现司法总管的那辆汽车，看见司机把汽车往前挪了挪，以避开危险区，还看见那些武装警察黑魆魆的身影。消防员几乎同时出现了，消防车停在书店的门口时，发出可怕的声响。尼古拉已经在砸门锁了，他飞起几脚，终于把门踹开。他冲进书店。书商的尸体横在地上，脚已经着火，心脏丢在旁边。他还看见西克的那把剜心器丢在地上。大火熊熊燃烧，红色的火球和尖利的火舌一下子就烧穿了书店厚厚的墙壁，尼古拉扑倒在地，以免被大火吞噬，就在这时，他感觉到头顶上方出现了强烈的气流，那是消防队的灭火器械喷射出的水柱形成的。水柱从底部进攻的时候，着火的声音更响，书籍噼里啪啦地燃烧着，书页漫天飞舞，互相猛烈撞击，从尼古拉的头顶上经过，与水柱射入的方向相反。大火熊熊燃烧，发出呼啦呼啦的声音，他几乎喘不过气来。他心想，阿丽丝不会待在大火里，但看不出她会从哪扇门跑出去。大火还在和消防员较量，火势好像在快速蹿升，放弃了低矮的区域，那里的火在渐渐熄灭。在肮脏的灰烬中间，有一团耀眼的亮光，比火光还要明亮。

烟雾很快散去，被吸到了楼上。燃烧的书上的火熄掉了，但天花板的火比任何时候都要凶猛。地面却只剩下那团亮光。

尼古拉满身是灰，头发漆黑，几乎透不过气来，他在地上匍匐着，爬到那个亮光处。他听见消防员的靴子来回奔跑的声音。在一根扭曲的铁梁下面，他看见一簇夺目的金发。烈火没能把它吞噬，因为它比烈火更明亮。他把那簇头发揣进衣服里面的口袋，走出了书店。

他踉踉跄跄地往前走，消防员看着他远去。大火气势汹汹地烧到了书店上面的楼层，他们开始对这栋楼房进行隔离，任由它燃烧，因为已经没有灭火剂了。

尼古拉沿着人行道往前走，右手在胸前抚摸着阿丽丝的头发。他听见司法总管的汽车从他身边呼啸而过，汽车后座上是穿着红皮连裤制服的总管。他微微敞开上衣衣领，全身都沐浴着阳光，只有两只眼睛依然停留在黑暗之中。

六十一

科兰瞅见了第三十根柱子。他从早晨起就一直在地下金库里走着，任务是看到有人来盗窃黄金就大喊大叫。金库非常大。走得快也要一天的时间才能走完一圈。金库的中央是一间装甲屋，屋里的黄金在一种致命的毒气中慢慢成熟。如果一天能走完一圈，这份工作的收入还是相当可观的。科兰觉得自己的身体状况不是很好，金库里面又太黑了。他不由自主地时不时回头看，时间就浪费了许多，他看见身后只有最后那盏灯发出的细微光亮，而在他前方，下一盏灯的灯光则渐渐变大。

盗金贼并不是每天都来，但巡查人员还是必须在预定的时间展开巡查，否则工资就会被克扣。必须按时刻表巡查，随时准备在小偷经过时大声呼叫，那些窃贼通常很守时。

科兰右脚很痛。金库采用坚硬的人工石块建造，地面粗糙，走上去感觉深一脚浅一脚。在过了第八条白线时，他加了把劲，好在规定的时间抵达第三十根柱子。他开始放声歌唱，想让歌声伴自己前行，但他马上停了下来，因为歌词的回声断断续续、咄咄逼人地传回到他耳边，跟他唱起反调。

尽管双腿疼痛，他依旧不知疲倦地往前走着，走过了第三十根柱子。他下意识地回了回头，因为他觉得看到了身后有什么东西，结果又浪费了五秒钟，为了追回这五秒钟，他又加快了脚步。

六十二

餐厅再也没法进去。天花板和地板差不多粘连在一起了，在阴暗潮湿的环境中生长的半植物半矿物的喷发物把它们连成一体。走廊的门也打不开了。从门廊到柯萝爱的卧室只剩下一条狭窄的通道。伊西丝第一个进去，尼古拉跟在后面。他看上去像个木头人，西服的内袋被什么东西撑得鼓了起来，他时不时地把手放到胸前。

进入卧室之前，伊西丝看了那张床一眼，柯萝爱身边一直摆满鲜花，她双手伸展着放在被子上，勉强拿着一大束白色的兰花，白兰花在她苍白的肌肤旁边变成了米色。她睁着双眼，发现伊西丝坐在她身边时，几乎动都没动一下。尼古拉看见柯萝爱，把头扭到了一边。他多想跟她笑一笑啊！他走到她身边，摸了一下她的手，然后坐了下来，柯萝爱慢慢地合上眼睛，然后又重新睁开。看到他们，她好像很高兴。

“睡着了吗？”伊西丝低声问。

柯萝爱用眼睛说没有。她用嶙峋的手指抓了一下伊西丝的手，另一只手罩着那只小灰鼠，他们看见它那双黑眼睛炯炯有神，它在床上小步快跑，来到尼古拉旁边。他把它轻轻地抱起来，亲了一下它那发亮的小嘴，过后它又回到柯萝爱身边。鲜花在床上瑟瑟抖动，它们都支撑不了太久，柯萝爱感到自己一个小时比一个小时虚弱。

“科兰去哪了？”伊西丝问。

“工作……”柯萝爱有气无力地答道。

“别说话，”伊西丝说，“我会换个方式问问题。”

她把自己长着一头棕发的漂亮脑袋贴着柯萝爱的头，小心翼翼地亲了她一下。

“他在银行上班？”她问。

柯萝爱的眼睛闭上了。

他们听见门口有脚步声。科兰在门口出现了，手上捧着鲜花，但他已经失去工作。那些窃贼行窃的时间大大提前，他再也跑不动了。由于他尽了最大的努力，他还是赚到了一些钱，买了这些鲜花。

柯萝爱显得更加安详，现在，她的脸上挂着微笑，科兰走到离她最近的地方。他太爱她了，但她现在已经没有力气承受，所以他只是轻轻地抚摸她，生怕一碰她就碎得不成样子。他用那双被工作磨烂的手把她黯淡的头发捋平。

尼古拉、科兰、伊西丝和柯萝爱相聚在一起。尼古拉开始抽泣，因为西克和阿丽丝永远也不会来了，柯萝爱又病得这么重。

六十三

行政科给了科兰很多钱，但为时太晚了。现在，他每天都必须上楼去别人家里。行政科的人给了他一份清单，他的任务是提前一天给人报丧。

他每天都要进入贫民区或者富人区。他要爬完数不清的楼梯。接待他的人态度极其恶劣。他们朝他的头上扔伤人的重物，用污言秽语对他破口大骂，然后把他赶到外面。他拿了人家的钱就是干这活儿的，拿了钱就要让人家满意。他保住了这份工作。他唯一能做的事情，就是这个：让人把自己轰出门外。

劳累折磨着他，他的双膝像被焊住了一样，他变得面黄肌瘦。他的眼睛从此只看得见人世间的种种丑恶，他不停地向人们宣布即将到来的灾难，人们不断地把他从家里轰出来，用眼泪，用辱骂，对他拳打脚踢，大喊大叫。

他上了两个台阶，沿着过道往前走，敲门，然后迅速往后退一步。人们一看见他那顶黑色的鸭舌帽就知道是怎么回事，就对他恶声恶气，大打出手，但科兰必须打不还手骂不还口，因为人们付钱给他就是让他做这个事的。门开了。他通报完噩耗便转身离去，一根重重的木头打在了他的背上。

他在名单上寻找接下来那个人的名字，发现那是他本人的名字。于是，他扔掉鸭舌帽，来到大街上。他的心像灌了铅一样沉重，因为他知道，第二天，柯萝爱就要撒手而去了。

六十四

教士正在跟吹事说话，科兰等他们把话讲完才走上前去。他已经看不清脚下的地面，每走一步都要打一个趔趄，眼前浮现出柯萝爱躺在婚床上的模样：灰暗的脸色，深色的头发，笔挺的鼻子，微微凸起的前额，鹅蛋形温柔的圆脸，还有她那紧闭的眼帘，那紧闭的眼帘把她赶出了这个世界。

“您来是为下葬的事情？”教士问。

“柯萝爱走了。”科兰说。

他听见科兰说“柯萝爱走了”，但不相信。

“我知道，”教士说，“您愿意出多少钱办丧事？您肯定想搞得体面些吧？”

“是的。”科兰答道。

“您出两千杜布勒松，我可以把葬礼办得风风光光的。”教士说，“还有更贵的……”

“我只有二十杜布勒松。”科兰说，“我也许还能搞到三十或四十，但不能马上拿到手。”

教士让两边肺都鼓满了气，然后神情厌恶地吐了一口气出来：

“如此说来，您要办的是穷人的葬礼。”

“我是个穷人……”科兰说，“柯萝爱走了……”

“是的，”教士说，“总得好好安排，搞个像样的葬礼啊！这么说，您连五百个杜布勒松都拿不出啰？”

“拿不出。”科兰说，“……如果您同意分期付款的话，我可以拿出一百个杜布勒松。您知道‘柯萝爱走了’意味着什么吗？”

“您知道，”教士说，“我已经习以为常，死个什么人对我没有任何影响。我应该建议您向上帝求助，但我觉得您出这么点钱却要去打搅他，有些不合时宜……”

“啊！”科兰说，“我不会去打搅他的，我不认为他有多大能耐，您知道吗，柯萝爱人都没了……”

“换个话题吧，”教士说，“想想……想想……我也不知道……想什么，想什么都行，比方说……”

“我出一百个杜布勒松，可以办个像样的葬礼吗？”科兰问。

“我甚至都不想考虑这个办法，”教士说，“您最好出一百五。”

“我需要时间凑齐这笔钱。”

“您有一份工作……您给我写个欠条……”

“随您便。”科兰说。

“在这种情况下，”教士说，“您也许可以出到两百，这样执事和吹事都会帮您的忙，一百块的话，他们会跟您唱对台戏。”

“恐怕不行，”科兰说，“那份工作我恐怕干不了多久。”

“那么，我们就按一百五吧，”教士最后说，“很遗憾，这点钱办葬礼真的只能敷衍。您真讨厌，太抠门了……”

“很抱歉。”科兰说。

“过来签字吧！”教士说着粗暴地搡了他一把。

科兰撞到一把椅子上。教士听到碰撞的声音很气愤，又把他朝圣器杂物间推了一把，然后咕咕哝哝地跟在他后面。

六十五

两名叫来抬棺材的脚夫在公寓门口找到正在等候他们的科兰。他们弄得肮脏不堪，因为楼梯越来越破。不过，他们穿着破得不能再破的衣服，不在乎再破一两个口子。透过衣服的破洞，可以看见他们那干瘪丑陋的大腿上的红毛，他们按照穷人丧葬的规矩，在科兰的肚子上拍了一下，算是跟他打过招呼。

门廊现在好似地窖的通道，他们低下脑袋走进柯萝爱的卧室。入殓工已经走了，再也看不见柯萝爱了，只有一个这里瘪下去那里鼓起来的黑箱子，箱子上面有编号。他们抓起箱子，就好比那是一个羊头撞锤一样，把它从窗户那里扔了下去。人工抬死人下楼至少要五百杜布勒松。

“箱子上那么多鼓包，”科兰心想，“就是这么摔出来的。”他哭了起来，因为柯萝爱一定被摔得伤痕累累、面目全非了。

他又一想，柯萝爱可能什么也感觉不到了，于是哭得更伤心了。箱子咣的一声撞在马路上，砸断了一个在旁边玩耍的孩子的腿。人们赶紧把孩子推到人行道旁，他们则把箱子装上运尸车，那是一辆漆成红色的旧卡车，其中的一名脚夫开车。

送葬的人寥寥无几，尼古拉、伊西丝和科兰，还有两三个他们并不认识的人。卡车开得飞快，他们必须奔跑才跟得上。司机声嘶力竭地唱着歌，要两百五十杜布勒松，他才会闭嘴。

车子在教堂前面停了下来，他们进去举行仪式的时候，黑箱子就停在门口。教士黑着脸，背对着他们，勉强应付。科兰站在祭坛前面。

他抬起头，在他面前，挂在墙壁上的，是钉在十字架上的耶稣，耶稣好像感到厌倦了。科兰问：

“柯萝爱为什么会死？”

“在这件事情上我没有任何责任，”耶稣说，“我们说说别的事情好吗？……”

“那这事由谁负责呢？”科兰问。

他们非常小声地交谈着，其他人听不见他们的谈话。

“反正，不是我们。”耶稣说。

“我举行婚礼的时候也邀请过您的。”科兰说。

“婚礼很成功，”耶稣说，“那天我很开心。这一次，您为什么不多出点钱呢？”

“我没有钱了。”科兰说，“再说，这次又不是我的婚礼。”

“那倒也是。”耶稣说。

他显得很难为情。

“情况已经大不相同了，”科兰说，“这一次，柯萝爱死了……我真不喜欢这只黑箱子。”

“嗯嘛嘛嘛嘛……”耶稣说。

他看着别处，好像厌倦了。教士一面摇着木铃，一面吼着一些拉丁诗句。

“您为什么让她死了？”科兰问。

“啊！……”耶稣说，“别再追问了。”

他想在钉子上找到一个舒服的姿势。

“她那么温柔贤惠，”科兰说，“从来没做过坏事，不管是思想上还是行动上。”

“这跟宗教没有任何关系。”耶稣哈欠连天，嘟嘟哝哝。

他晃了晃脑袋，整了整歪到一边的荆冠。

“我真的想不出我们做过什么伤天害理的事，”科兰说，“我们不该遭此劫难。”

他低下头，耶稣没有回答。他重新抬起头，耶稣的胸部有规律地轻轻地起伏。他脸上的表情显得很平静，眼睛闭上了，科兰听见他的鼻孔里发出满足的鼾声，就像一只吃饱喝足的猫。这时，教士蹦蹦跳跳地吹着一根管子，仪式就结束了。

教士第一个离开教堂，回圣器杂物间换上了大钉鞋。

科兰、伊西丝和尼古拉一起走了出去，在卡车后面等着。

这时，吹事和执事出来了，穿着浅色的盛装，对科兰冷嘲热讽，然后像野人一样围着卡车乱舞。科兰堵住耳朵，因为他无话可说，他签的是穷人的葬礼，所以被大把大把的石头砸到时动都没有动一下。

六十六

他们在大街上走了相当长的时间。路人不再回头看他们，太阳也慢慢落了下去。穷人的墓地非常远。红色卡车在坑坑洼洼的地面上行驶着，颠簸着，马达则释放着欢快的噼啪声。

科兰什么也听不见了，他沉浸在往昔之中，脸上不时浮现出笑容，所有的往事历历在目。尼古拉和伊西丝走在他后面，伊西丝时不时地拍拍他的肩膀。

公路断了，卡车也跟着停了下来，到了水边。脚夫把黑箱子搬下车。科兰是第一次来墓地，墓地位于一座形状模糊不清的小岛上，岛的轮廓经常随着水量的多少而改变。透过蒙蒙雾霭，小岛的身影依稀可辨。卡车停在岸边，上岛要经过一块软软的灰色长木板，木板的另一头远远地消失在雾霭之中。脚夫满嘴粗话，骂骂咧咧，前面那个已经踩到木板上，木板不窄也不宽，正好可以过人。他们用宽大的生皮带绑住棺材，皮带的另一端绕过脖子挎在肩上；后面那个脚夫开始透不过气了，脸色铁青，在灰色的雾霭中，这景象显得特别凄凉。科兰跟在后面，尼古拉和伊西丝也开始沿着木板往前走去。第一个脚夫故意使劲地踩了一下木板，让它左右摇摆起来，然后消失在像糖浆里的糖丝一样的迷雾之中。他们的脚步像下行音阶一样在木板上回响，渐渐地，木板弯曲了，他们到了正中央，过了那里，木板就触到了水面，一些对称的小波浪在木板两边噼啪作响。水阴暗、透明，几乎没过了木板。科兰向右边俯下身子，好像看见一个白色的东西在水的深处隐约浮动。尼古拉和伊西丝在他身后停下，就像站在水里一样。脚夫们在继续前进，还剩一半路程，这段路是上坡，过了木板中点之后，小浪减少了，木板脱离水面，发出一阵吮吸的声音。

脚夫开始奔跑。他们的脚在地上踩得啪啪响，箱子上的把手叮叮铮铮地撞击着箱壁。他们赶在科兰和他的两个朋友之前到达那座小岛，笨拙地进入那条两边都是深色绿篱的小径。小径弯弯曲曲，奇形怪状，一派荒凉，地面上有很多细孔，一踩即碎。小径后来变宽了一些。树叶变成了浅灰色，叶脉在毛茸茸的叶片上清新地显出金色。那些树高大柔韧，呈弓形从小路的一边弯向另一边。日光透过这样的穹顶形成一层没有光泽的光晕。小路有好几个分岔，脚夫们毫不犹豫地选择了右边，科兰、伊西丝和尼古拉大步流星地往前走，好追赶上他们。树林里听不到动物的叫声，只有树叶不时地掉落下来，重重地坠在地上。他们沿着岔道往前走。脚夫用脚踹着树，沉重的靴子在软绵绵的树皮上留下一个个青肿的印子。墓地在小岛的正中央。爬到石头上面，可以越过娇弱的树梢瞥见远方，河水的另一边，交叉着黑色十字的天空，几只小鹰从繁缕和茴香田上沉重地飞过。

脚夫们在一个大坑附近停下，一边荡起柯萝爱的棺材，一边唱着《生菜歌》。他们按下了松扣开关，箱盖打开了，有什么东西咕咚一声掉进了大坑；第二个脚夫倒在地上，差点被勒死，因为那根皮带没有及时从他的脖子上解下来。科兰和尼古拉赶到了，伊西丝踉踉跄跄地跟在后面。这时，穿着满是油污的旧工装的执事和吹事，突然从坟头后面蹿出来，像野狼一样嗥叫，一边朝泥坑里丢泥土和石块。

科兰跪倒在地，双手抱头。石头落下去发出沉闷的声音，吹事、执事和两名抬棺材的脚夫手拉手，围着大坑跳起了圆舞，然后突然间一个接一个闪进了那条小路，跳着法兰多拉舞不见了踪影。执事吹着一支很大的双簧木管，刺耳的声音在僵死的空气中震颤。泥土渐渐崩塌，才两三分钟，柯萝爱的身体就彻底消失了。

六十七

黑须小灰鼠用尽最后一丝力气，终于成功地钻了出来。在它身后，天花板和地板一下子就粘连到了一起，长长的惰性蠕虫慢悠悠地扭动着从缝隙中涌出来。小灰鼠用最快的速度从门口的走廊里蹿出，墙壁正抖动着要合拢，它成功地从门底下跑了出来，爬到楼梯口，下了楼，在人行道停下，犹豫了片刻，辨明方向后朝墓地方向跑去。

六十八

“其实，”猫说，“我对这种事情没什么兴趣。”

“你错了，”小灰鼠说，“我还嫩得很呢，我一直养尊处优。”

“我也吃得好喝得好呀，”猫说，“而且，对于寻短见这样的事，我想都不会去想，所以你明白我为什么觉得这种事不正常。”

“因为你没有见过他。”小灰鼠说。

“他在做什么？”猫问。

它不是很想知道。天气很暖，它浑身上下的毛都蓬蓬松松的。

“他在水边，”小灰鼠说，“在那里等着，时间到了，他就走上那块木板，站在中间。他看到了什么东西。”

“他看不到什么的，能看到的也不是什么了不得的东西，”猫说，“也许，只是一朵睡莲。”

“是的，”小灰鼠说，“他等着它浮出水面，好把它弄死。”

“真蠢，”猫说，“那么做毫无意义。”

“时间一过，”小灰鼠继续说，“他又回到岸上，盯着照片看。”

“他一直都不吃东西吗？”猫问。

“不吃，”小灰鼠说，“他已经非常虚弱了，我再也受不了啦。总有一天，他走上那块大木板时会失足跌进水里。”

“这跟你有何相干呢？”猫问，“那他是不是很不幸呢？……”

“他不是不幸，”小灰鼠说，“他只是很伤心痛苦。我受不了的正是这一点。还有，他会跌进水里的，他的身体弯得太厉害了。”

“要是这样的话，”猫说，“我很愿意帮你这个忙，但我不知道自己为什么会说‘要是这样的话’，因为我压根儿不知道那是怎么一回事。”

“你真是一只好猫。”小灰鼠说。

“把你的头放到我的嘴巴里，”猫说，“然后等着。”

“要等很长时间吗？”小灰鼠问道。

“要等到别人走过来踩到我的尾巴上，”猫说，“我需要快速反应。不过我会把尾巴伸长，别担心。”

小灰鼠掰开猫的上下颌，把头放进它那两排尖利的牙齿中间，但旋即又把脑袋缩了回来。

“你倒是说说，”它问，“你今天早上是不是吃过鲨鱼？”

“你听着，”猫说，“要是你不喜欢这气味，你完全可以闪一边去。我嘛，我并不喜欢做这种事。你自己想办法应付吧！”

猫好像不高兴了。

“你别生气嘛。”小灰鼠说。

它闭上两只小黑眼，重新把头伸进去放好。猫小心翼翼地将锋利的尖牙搁在它那细柔的灰脖子上。小灰鼠的黑须和猫的胡须融为一体，猫将自己的长毛大尾巴伸出去，让它拖到人行道上。

使徒儒尔孤儿院的十一名女盲童正唱着歌儿，向这边走来。

孟菲斯，1946年3月8日

达文波特，1946年3月10日